HETERO

suivi de

MA FORÊT FANTÔME

Denis Lachaud

ACTES SUD - PAPIERS
Fondateur : Christian Dupeyron
Editorial : Claire David

Cette collection est éditée avec le soutien de la SACD
Société des auteurs et compositeurs dramatiques
PARIS/BRUXELLES/MONTRÉAL

Illustration de couverture :
Anonyme, *Jeune homme*, DR

ISSN 0298-0592
ISBN 2-7427-4082-1

HETERO

à Carine

PERSONNAGES

LA FAMILLE GATTAL :

PÈRE 1 *(le fils l'appelle "père"), un Jean Gabin de soixante ans.*
PÈRE 2 *(le fils l'appelle "papa"), un Lino Ventura de soixante ans.*
FILS *(le prétendant), bientôt quarante ans.*
PROMIS *(directeur de la société Booster International), la trentaine.*
NEGOS *(l'entremetteur).*

Il y a dans cette pièce deux types d'hommes (individus de sexe masculin) comme il y a dans notre société deux types d'êtres humains : les hommes et les femmes.
Rien dans le jeu des acteurs ne différencie les uns (père 1, fils, Negos) des autres (père 2, promis). Ce sont tous des hommes (individus de sexe masculin). C'est le texte qui indique la différence entre les uns et les autres, quand il y en a une.

L'appartement des Gattal et l'appartement du promis fonctionnent ensemble comme les deux moitiés d'un même fruit. Cependant, il y a la moitié "supérieure" (l'appartement des Gattal) et la moitié "inférieure" (l'appartement du promis).

ACTE I

scène 1

Chez les Gattal.

PÈRE 2. Mon fils, les hommes naissent et croissent et prennent une place, chacun selon ses droits et ses devoirs, chacun tirant de ses possibilités ce que volonté et circonstances lui permettent d'accomplir. Proportionnellement à l'énergie dont il dispose. Toi comme les autres. Je veux dire, toi pas plus que les autres n'y échappes. Tu es né ici, n'importe où, dans la peau de n'importe qui et les chanceux tombent du bon côté de la barrière ce qui a été ton cas réjouis-toi remercie le hasard chaque jour, pour cette identité, ce pedigree, reçus au petit bonheur, et aussi pour cette enveloppe corporelle héritée du mélange des gènes de ton père et des miens, là aussi roulette, black jack, excitera-t-il les sens, les rebutera-t-il, cet enfant, quand il sera grand, et toi encore qui t'en tires avec les félicitations du jury, sans raison objective, sans effort mais passons, tant mieux pour toi. En résumé tu as tout pour toi. Or tu vivotes en enchaînant les petits boulots de gardien de nuit, de manutentionnaire, de videur de boîte et que sais-je encore et le temps passe. Bientôt quarante ans et pas d'époux. Encore un printemps un été envolés, tous les jeunes se sont accouplés alentour, et toi toi tu n'as pas réussi à choisir un homme à intéresser un homme à attirer sur toi le regard d'un homme, pas un seul. Ça ne peut plus durer ça ressemble à quoi ?

…

Ça ne peut plus durer tu as bien entendu ?

FILS. Papa, je n'ai oui je t'ai entendu je n'ai la prétention d'échapper à aucune condition humaine évidemment que je t'ai entendu, ce besoin de tout teinter de baroque, systématiquement. Comme

les autres, je fais comment dire la somme des perspectives composant mon éventail des possibles et pour ce faire, je jauge je jauge raisonnablement je jauge la volonté que je suis capable d'opposer à l'immobilisme naturel des choses la pesanteur de, je mesure la quantité d'énergie à ma disposition.
Je n'ignore pas la chance qui m'a fait naître ici, chez vous, du bon côté de la barrière non non tu peux me faire le plaisir de me croire non. Là où bonne fortune offre identité, pedigree et corps bien fait (oui papa j'en suis pleinement conscient), je vois une occasion de me réjouir, sachant qu'aussi bien c'est vrai quand on y pense j'aurais pu me retrouver le bec dans l'eau à regarder les autres profiter de la vie quand moi je serais enchaîné à l'existence grise de celui qui n'a pas eu de chance à la roulette au black jack ou autre jeu de hasard je te suis à cent pour cent là-dessus. Cependant, il me paraît utile de préciser que je n'ai occupé aucun poste de gardien de nuit ni de manutentionnaire ni même de videur de boîte depuis des lustres (de gardien de papa enfin, pourquoi pas de je ne sais pas moi de enfin et puis quoi encore), que j'ai été embauché oui embauché mais je veux dire vraiment chez Booster International au mois de février en qualité de chef de produit, oui, rien moins, non mais tu avais l'air de je n'ai pas terminé s'il te plaît je voulais en venir je voulais dire que j'ai travaillé au même endroit chaque jour du matin au soir, sans compter mes heures je sais de quoi je parle, ai consacré printemps été à mon intégration professionnelle, à la reconnaissance de mes compétences par mon supérieur hiérarchique et par voie de conséquence me suis peu soucié des regards qui pouvaient s'attarder puisque papa des regards tu en parles des regards qui pouvaient s'attarder sur ma personne, n'ai ambitionné d'intéresser ni de choisir qui que ce soit à vous présenter à toi et à père. Sache néanmoins que j'attire sans souci les regards des hommes les plus exigeants, les plus à cheval sur critères de choix précis car mûrement réfléchis. Je précise entre parenthèses.

PÈRE 1 *(en entrant).* Tu écoutes ton papa quand il parle ?

FILS. Oui euh oui ?

PÈRE 1. Tu as bien entendu ce qu'il a dit ?

FILS. Oui ? Père.

PÈRE 1. Qu'est-ce qu'il a dit ?

FILS. Ça il a dit ça ne peut plus durer.

PÈRE 1. Ça ne peut plus durer capitaine ça ressemble à quoi ? Tu es jeune, tu es beau, ta musculature tient encore sans béquille ni artifice, tu es vigoureux, tu as de l'endurance, tu sais donner du plaisir, ta semence est épaisse et riche, nous t'avons élevé en t'offrant le meilleur, en sacrifiant souvent nos aspirations personnelles aux besoins du petit animal énergique voire violent que tu as été, nous t'avons lentement et patiemment écarté de la voie de la bête... Continue mon boxeur je t'ai interrompu.

PÈRE 2. Comme ton père te l'expose clairement, nous avons à chaque étape de ton développement encouragé tes désirs, nous les avons anticipés, cultivés, titillés par tous les moyens, déployant des trésors d'inventivité, nous avons fait de toi un enfant éveillé, curieux, avide de connaissance, tu as eu droit à la meilleure éducation dans les écoles et les universités les mieux cotées et les plus chères...

PÈRE 1. Un enfant insatiable...

PÈRE 2. Et tu partais de loin comme tous les enfants avant toi et tous ceux à venir qu'il faut écarter de la voie de la bête... De loin n'est-ce pas ?

PÈRE 1. De très loin...

PÈRE 2. Nous sommes restés jeunes, forts et séduisants et performants aussi longtemps qu'il a été nécessaire de t'offrir le modèle d'un couple uni dans la joie de l'amour passionné, je te rappelle que je t'ai enfanté dans les pires douleurs mais heureux de ton arrivée, mais soutenu par la perspective de tes nombreux succès à venir, mais sans jamais perdre de vue que le jeu en valait la chandelle, que je serais récompensé un jour par ton rayonnement d'homme mûr...

PÈRE 1. D'homme accompli tu n'es pas un homme accompli. Tant que tu n'as pas uni ta destinée à celle d'un autre, tant que vous ne vous êtes pas accouplés, tant que du fruit de cet accouplement n'est pas née votre descendance...

PÈRE 2. Tant que tu n'as pas donné à ton fils notre nom, ce nom que ton grand-père a donné à ton père qui te l'a donné et à ta place je me réjouirais d'être demandeur, d'être celui qui peut se permettre de demander à épouser, celui qui se sert, qui transmet son nom...

PÈRE 1. Comme je te l'ai transmis...

PÈRE 2. ... Et non pas celui que le destin et sa condition obligent à attendre une offre, à attendre d'être choisi, celui qui prend ce qu'on lui donne, résigné au pire, bien content quand le sort lui réserve une agréable surprise et je te prie de croire que tout le monde n'a pas la chance qui a été la mienne de se voir offrir en mariage un homme beau, fort, bien pourvu et fertile, sensible et intelligent, un homme en tout point remarquable, non, tout le monde n'a pas la chance d'épouser un homme de la trempe de ton père... Tu es le prétendant, cow-boy. Tu n'auras pas à subir le sort du promis, pas de hasard malheureux, pas de mari violent, pas de mari impuissant qui t'accuserait d'être la cause de la malédiction, te battrait, répudierait ou tuerait, non plus ne devras porter en ton sein les enfants qui constituent la descendance du foyer familial, remercie le sort.

PÈRE 1. Il te faudra seulement t'assurer que ta descendance est bien le fruit de ta semence, tâche complexe, cause de stress depuis que l'homme a compris que dans son champ, c'était le taureau et non la terre qui fécondait la vache, tu devras t'assurer que tu es bien le mâle fertilisant...

PÈRE 2. Que ton époux ne va pas en ton absence fauter avec le premier joli cœur qui passe (et tu ne seras pas la victime de celui qui voit des jolis cœurs partout et bat son époux quand il ne le tue pas tout simplement dès qu'il le soupçonne de s'être offert à autre sexe érigé que le sien...

PÈRE 1. Et le soupçon est chose bien terrible, bien ennuyeuse...

PÈRE 2. Le soupçon ne s'appuie bien souvent que sur le manque de confiance en soi du mari qui se croit trahi par l'époux qu'il a choisi et fait sien...

PÈRE 1. Le nombre d'hommes qui ont été pendus ou brûlés ou lapidés ou passés à la roue jusqu'à ce que mort s'ensuive, sacrifiés en place publique parce que le doute s'était insinué dans l'âme de ceux qui les avaient choisis, menaçant leur honneur, combien de corps soupçonnés de pourriture ont été brisés comme branches mortes)... Bref ton papa et moi pensons qu'il serait plus que temps de trouver chaussure à ton pied.

Silence.

PÈRE 2. Nous t'avons laissé me semble-t-il tout le loisir de faire ton choix par toi-même, il s'est écoulé bien des années depuis que ton corps a pris sa forme d'homme et que ta semence a commencé à se répandre.

PÈRE 1. Patiemment nous avons attendu.

PÈRE 2. Tu t'es accouplé, nous avons cru plusieurs fois que tu avais trouvé le compagnon, que c'était le bon, et tu finissais toujours par nous détromper.

PÈRE 1. Tu as raté quelques occasions... Laissé s'échapper quelques perles...

PÈRE 2. Mais nous avons toujours respecté ton choix, regardé partir ces hommes qui pour certains auraient fait de merveilleux gendres, humbles, souriants, assez intelligents pour se contenter de leur place... Mais nous avons décidé d'avoir confiance en ton discernement... Si tu les laissais partir c'est qu'il devait en être ainsi...

PÈRE 1. Cependant la liberté du prétendant ne dure qu'un temps, il doit un jour ou l'autre se décider à prendre époux, fonder un foyer et transmettre ses gènes. Et le moment est venu pour toi capitaine.

FILS. Si mon corps attendez si mon corps est harmonieux, si les courbes de mes muscles éveillent le désir, si mon le vous savez le mon appareil reproducteur sait donner du plaisir et avoue un excellent potentiel je veux dire fertilisant, je le dois bien évidemment à l'alliance de vos deux irréprochables lignées mais aussi à la vie que vous m'avez offerte, à l'excellente nourriture, équilibrée, variée, qui a toujours composé nos repas, je le dois aux entraînements sportifs que vous avez financés et auxquels vous m'avez inlassablement accompagnés quand d'autres enfants se débrouillaient seuls après l'école pour enchaîner les activités et faire leurs devoirs. On n'est rien sans rien sans un corps puissant et désirable. Soyez-en remerciés. Par ailleurs, je ne saurais trop vous exprimer ma gratitude quant à l'éducation irréprochable que vous m'avez offerte. J'ai parfaitement conscience d'avoir eu la chance de faire partie des quelques privili-vili-non-privili-vili-privilégiés que leurs pères réussissent à inscrire dans les meilleures écoles et universités et les plus chères les plus cotées...

PÈRE 1. Les plus chères en effet...

FILS. Je sais père je sais je veux dire, le sacrifice, l'inestimable cadeau, et ta générosité à toi papa, qui n'a eu accès qu'à une éducation réduite à sa portion congrue...

PÈRE 2. Oh loin de moi l'idée de me plaindre. Le destin m'a fait homme que l'on choisit, je l'ai accepté, je l'ai même revendiqué, rien ne sert de se rebeller, de maudire les circonstances, il faut des prétendants et des promis pour que le monde soit monde et tout le monde ne doit pas avoir le savoir, à chacun son histoire, je n'ai pas reçu d'éducation mais j'ai eu d'autres droits et satisfactions mais je t'ai coupé.

FILS. En tout vous avez été et êtes encore il y en a qui ont de la chance des modèles pour moi. Je partais de loin, je le sais ô combien ô oui j'ai conscience et souvenirs de l'animal impulsif primaire et j'en passe colérique que j'étais, qu'il a fallu apprivoiser, je me réjouis d'avoir pu grâce à votre soutien quotidien quitter la voie de la de la oui de la bête et jamais je ne me laisserai aller à maltraiter quelque homme que ce soit, même mon époux celui que j'aurai choisi, ou alors pour de bonnes raisons disons pour sauvegarder l'honneur de la famille et sans la moindre sauvagerie disons avec la magnanimité de l'homme évolué.
Je sais bon oui bien sûr je sais aussi l'angoisse et la douleur qui ont entouré les heures de travail nécessaires à ma mise au monde ouille oh là oui, le réconfort que vous apporta votre ambition à mon égard et sachez que je me préoccupe de la satisfaire de satisfaire je veux dire votre ambition, de m'approcher du niveau de réussite sociale et professionnelle que vous attendez de votre unique fils unique, celui sur lequel vous avez tout misé, votre seul cheval sur l'hippodrome, le porte-drapeau de votre maison. Et je comprends vos interrogations. Pourquoi n'ai-je toujours pas trouvé chaussure à mon pied ?

Alors.
J'ai conscience des devoirs attachés excusez-moi mais j'ai conscience des devoirs attachés à mon destin et ma condition mais pour autant, je tiens absolument à ne pas me tromper, à ne pas miser sur une personne que je ne connaîtrais pas suffisamment, dont je n'aurais voilà dont je n'aurais pas éprouvé les qualités morales. Je ne veux pas laisser la seule tête de mon membre viril décider d'une vie entière, vous voyez, car je compte bien faire un seul choix, le bon, ne pas avoir à traverser les funestes épreuves de la répudiation ah imaginez un peu, ne pas prendre le moindre risque de laisser entrer le ver dans le fruit de notre famille. Vous avez mis la barre peu de mes amis ont à se satisfaire d'un modèle parental aussi irréprochable, très haut, la barre, vous avez mis, j'espère que vous vous en rendez compte… Bien sûr j'ai vu ceux qu'on a pendus ou brûlés ou lapidés j'ai entendu parler de ceux qu'on a passés à la roue jusqu'à ce que mort s'ensuive pour cause de conduite morale criminelle ou soupçons y afférents, bien sûr. J'ai bonne mesure du traumatisme que constitue un tel événement dans l'histoire d'une famille. Personne n'aime voir les siens pendus ou brûlés ou lapidés ou passés à la roue jusqu'à ce que mort s'ensuive même pour de bonnes raisons n'est-ce pas dites-moi si je me trompe vous aimeriez voir l'un des vôtres pendu ou brûlé ou lapidé ou passé à la roue jusqu'à ce que mort s'ensuive même pour de bonnes raisons ? Non. Je m'impose donc la plus grande méfiance afin de nous éviter à tous trois de devoir connaître de si fâcheuses extrémités. Ce que j'aimerais j'aimerais lire la confiance dans vos yeux, que vous me croyiez, je construis ma vie lentement, j'ai suivi mes désirs sans jamais perdre de vue mes devoirs. Je ne suis peut-être pas à la hauteur de vos attentes ça bon, pourquoi ne pas envisager cette possibilité. Je constate aussi que les années passent, que je n'ai pas encore trouvé ma place dans notre société mais j'y travaille. De tout mon corps, de toute mon âme. De tout mon être.

PÈRE 1. Nous t'entendons. Cependant la coupe est pleine. Ton papa et moi avons décidé de prendre contact avec un spécialiste que nos amis les Poupix nous ont chaudement recommandé, un professionnel du mariage, l'orfèvre de l'union, un flair inégalable pour rassembler les bijoux en une parure magique. Nous le rencontrons demain.

FILS *(obéissant).* Bon, alors, bien.

Le fils sort.

PÈRE 1. Qu'est-ce qu'on mange ce soir ?

PÈRE 2. Du jarret. Ça te va ?

PÈRE 1. Comme légumes ?

PÈRE 2. Roseval en robe des champs.

Le père 1 fait la moue.

PÈRE 2. Tu souhaites un autre accompagnement ?

PÈRE 1. Non non.

PÈRE 2. Tu es sûr je peux encore faire revenir quelques champignons.

PÈRE 1. Mais non patates à l'eau ça ira très bien.

PÈRE 2. Allez mon viking je vais te faire revenir quelques cèpes.

PÈRE 1. Mais non fais ce que tu avais prévu ce sera très bien. Quoi que tu fasses c'est toujours très bien.

PÈRE 2. Soit.

PÈRE 1. Et ne t'inquiète pas trop pour notre fils.

PÈRE 2. Oh j'essaye mais tu sais...

Ils sortent.

scène 2

Chez Booster International.

DIRECTEUR *(finissant un travail).* Entrez Gattal.
(Silence.)

Une petite seconde… Asseyez-vous…
(Silence.)
Voilà. Je voulais vous voir j'ai fait un petit tour d'horizon hier après-midi les gammes de produits, les prévisions, les ventes…

FILS. Oui ?

DIRECTEUR. Vous stagnez.

FILS. Ah.

DIRECTEUR. Désolé de vous le dire sans ménagement vos collègues obtiennent des courbes de progression dynamiques je pense que vous vous organisez très mal.

FILS. Mais Cracker-Booster a progressé je veux dire.

DIRECTEUR. Calmez-vous Gattal écoutez-moi. Il ne s'agit pas de vous taper sur les doigts je pense que vous êtes capable d'obtenir de bien meilleurs résultats c'est pourquoi je vous ai choisi en février parmi six candidats performants et c'est aussi pourquoi je prends la peine de m'entretenir avec vous aujourd'hui. Cracker-Booster a progressé parce que vous vous êtes quasi exclusivement consacré à Cracker-Booster ces dernières semaines je me trompe ?

FILS. C'est que je sens bien le produit.

DIRECTEUR. Je ne vous ai pas engagé pour défendre uniquement les produits que vous sentez bien vous l'imaginez bien vous avez sous votre responsabilité une gamme de trois produits, vous devez gérer votre temps pour optimiser les ventes des trois.

FILS. Je bien sûr.

DIRECTEUR. Quels problèmes vous posent les autres produits ? Prenons Boostermania par exemple.

FILS. Je ne sais pas.

DIRECTEUR. Qu'entreprenez-vous pour vendre Cracker-Booster que vous n'entreprenez pas pour vendre Boostermania ?

FILS. Je ne sais pas… Je téléphone aux clients potentiels je leur présente ses caractéristiques, je leur propose, si vous voulez, un rendez-vous pour une démo.

DIRECTEUR. Et pourquoi vous n'en faites pas autant pour Boostermania par exemple ?

FILS. Je ne sais pas. Je ne sais pas comment je veux dire en parler.

DIRECTEUR. Très bien. Vous allez me préparer un argumentaire personnel de vente pour Boostermania et Super-Booster…

FILS. Boostermania et Super-Booster ? Les deux ? Pour quand ?

DIRECTEUR. Demain ne paniquez pas on travaillera ensemble dessus. Je sais que c'est difficile, Gattal, j'y suis passé avant vous, moi aussi je me suis coltiné les clients avec des produits que je ne trouvais pas très performants, moi aussi j'ai sué devant mon téléphone avant d'oser le décrocher pour appeler truc ou machin qui sont hyper chatouilleux et difficiles à convaincre. Il faut se botter le cul Gattal passez-moi l'expression il n'y a pas que moi sur votre dos Helsinki regarde tout cela de très près. Autre chose. J'ai jeté un œil sur votre PC hier soir.

FILS. Ah bon ?

DIRECTEUR. On ne s'y retrouve pas. Vos fichiers sont mal classés, les noms que vous leur attribuez ne sont pas fonctionnels, demandez à Rondin de vous décrire sa nomenclature. J'appelle Rondin pour lui demander de vous décrire sa nomenclature. Passez le voir. Quant aux argus, vous me les envoyez par e-mail avant midi, que j'aie le temps de les lire, et quinze heures dans mon bureau. On va réveiller vos capacités, hein Gattal, à demain quinze heures.

scène 3

A l'extérieur.

FILS. Merdier de foutoir de bordel comment suis-je arrivé à cet âge sans me rendre compte de rien ? Il m'a semblé faire tous les efforts nécessaires, courir les lièvres les uns après les autres, en bon ordre. Mes études devaient déboucher sur des postes à responsabilités, des rémunérations plus que confortables et cependant je prends conscience aujourd'hui du peu de chemin parcouru, du peu de barreaux escaladés sur l'échelle… J'ai cru tout mettre en œuvre pour monter dans les bons wagons et me voici aujourd'hui peinant derrière le convoi, quasi distancé… Mais tout va changer. On me propose un prétendant. Qui que soit ce jeune homme à marier, je l'épouserai si mes pères le jugent conforme à leurs exigences. Et dès demain je demanderai une augmentation. Un futur chef de famille ne peut se laisser rouler dans la farine de la sorte par les grosses légumes, de toute façon ce que je n'irai pas chercher ne me sera pas donné, il est temps d'être un homme.

scène 4

Chez les Gattal.

PÈRE 1. Et de qui s'agit-il ?

NEGOS. Trente-cinq ans, excellente famille, élevé selon les préceptes les plus respectables, les plus adaptés à ce que nous recherchons.

PÈRE 1. Mais encore, est-il discret, réservé, saura-t-il s'effacer derrière mon fils, saura-t-il lui obéir, œuvrera-t-il à l'éclat de notre famille ?

NEGOS. A n'en pas douter.

PÈRE 2. Si je puis me permettre, que fait cet homme, je veux dire actuellement ?

NEGOS. Il travaille.

PÈRE 1. Il travaille. Où travaille-t-il ?

NEGOS. Dans une industrie de pointe.

PÈRE 1. Et que fait-il ?

Silence.

PÈRE 2. Monsieur Negos, mon mari vous demande ce que fait cet homme dans son entreprise. Quelle est sa tâche, quel poste occupe-t-il ?

NEGOS. Il dirige cette entreprise.

PÈRE 1. Pardon je ne vous entends pas.

NEGOS. Managing director si vous préférez.

PÈRE 1. Je vois nous avons affaire à un de ces hommes modernes qui ambitionnent de s'élever au-dessus de leur cul pour parler vulgairement.

NEGOS. Nous avons affaire à un homme moderne je vous l'accorde, mais un homme qui n'ignore pas sa condition, qui désire par-dessus tout fonder une famille, un homme qui saura le moment venu sacrifier sa carrière de haut vol au repos nécessaire à une voire plusieurs (m'a-t-il assuré) gestations paisibles.

PÈRE 1. Etes-vous certain Negos que cet homme qui occupe ses journées à diriger une entreprise se souvient de ce corps que le destin lui a donné êtes-vous certain qu'il se rappelle la fonction première de ce corps, garantissez-vous que cet homme moderne laissera mon fils creuser son sillon, s'offrira, acceptera de recevoir sa liqueur, cet homme se souvient-il que son corps est une terre en jachère qui demande a être labourée ?

NEGOS. Il m'en a assuré.

PÈRE 2. Si je puis me permettre, nous avons tout à craindre de cet homme.

NEGOS. Rencontrez-le je vous en conjure, cela n'engage à rien.

PÈRE 1. Cela n'engage à rien il est vrai.

NEGOS. A la bonne heure.

PÈRE 1. Vous, vous êtes très convaincant.

NEGOS. Vous me flattez monsieur Gattal.

PÈRE 2. Permettez-moi d'insister, vous portez-vous garant de ses qualités ?

NEGOS. A cent pour cent.

PÈRE 1. L'orfèvre du lien marital... Et depuis quand mariez-vous les jeunes gens ?

NEGOS. Oh... Ma foi... Depuis plusieurs années... Huit... Neuf... Comme le temps passe.

PÈRE 2. Avez-vous examiné ses attributs sexuels ? Garantissez-vous leur efficacité ?

NEGOS. Assurément.

PÈRE 1. Les Poupix ne tarissent pas d'éloges à votre égard.

NEGOS. Nous nous efforçons tant que faire se peut de donner satisfaction à notre clientèle.

PÈRE 2. Est-il bien charpenté ? Torse, abdomen...

PÈRE 1. Avec un certain succès je présume...

NEGOS. Nous n'avons pas à nous plaindre.

PÈRE 1. Et vous même... ?

NEGOS. Je suis marié mon époux m'a donné deux beaux enfants il consacre toute son énergie à leurs premières années un papa en or ils doivent actuellement gambader au parc.

PÈRE 1. Ah... Vous...

PÈRE 2. Cuisses bien dessinées, mollets rebondis ?

PÈRE 1. Nous rencontrerons ce jeune homme dès que possible. Les données financières de cette union ne seront examinées qu'après évaluation de l'éventuel promis nous évoquerons alors vos honoraires est-ce que quelqu'un voit quelque chose à ajouter ?

NEGOS. Non.

PÈRE 1. Parfait rendez-vous à l'étape suivante.

scène 5

A l'extérieur.

FILS *(seul).* Monsieur le directeur je vous remercie de me recevoir j'ai une requête assez urgente... Bonjour monsieur le directeur, merci de me recevoir, c'est assez... Bonjour monsieur le directeur non bonjour monsieur merci de me recevoir, c'est urgent non bonjour monsieur comment allez-vous votre époux vos enfants bla-bla-bla je vous remercie de me recevoir j'ai une requête urgente il s'agit de mon salaire ah ! il s'agit de mon salaire. Je vais me marier. En effet. Oui. Moi. Me marier. Monsieur bla-bla-bla il s'agit de mon salaire je vais me marier non je suis à l'orée non je vais me marier. Je vais me marier et fonder une famille.

Chez Booster International.

DIRECTEUR. J'ai lu vos argus il y a de l'idée de la matière on va juste revoir le plan mais passons d'abord jeter un coup d'œil à votre PC vous avez vu Rondin ?

FILS. Oui j'ai je l'ai vu oui.

DIRECTEUR. Allons voir ça.

A l'extérieur.

FILS. Une augmentation est nécessaire. Je pense qu'une augmentation est nécessaire on se fout de ma gueule dans cette boîte, de la cave au grenier. Monsieur je vous remercie de me recevoir j'ai une requête urgente il s'agit de mon salaire c'est le moment je veux dire le moment est venu plus que venu même d'envisager une augmentation.
J'ai besoin d'une augmentation de salaire en tant que soutien de famille le pilier sur lequel si vous voulez la colonne vertébrale.
Monsieur.

——— scène 6 ———

Devant chez le promis. Celui-ci lui répond de l'intérieur.

NEGOS. S'il vous plaît... Quelqu'un ? Oh là ! Oh là je suis mandaté par vos pères pour vous parler.

Silence. La silhouette du promis apparaît (il s'agit du directeur de Booster International).

PROMIS. Mes pères sont morts et enterrés.

NEGOS. Et cependant je leur dois de vous rencontrer aujourd'hui.

PROMIS. Que cherchez-vous à me vendre ?

NEGOS. Avant de mourir, vos pères se sont assurés de votre avenir. Ils ont fait appel à mes services.

PROMIS. Mais encore.

NEGOS. Je me suis engagé par contrat à vous trouver un mari.

PROMIS. Je n'ai pas besoin de vos services.

Il disparaît.

NEGOS. Attendez... Je vous en prie.

PROMIS *(voix)*. Je ne souhaite pas actuellement unir ma destinée à celle de quiconque, et si je le souhaite un jour, je m'en occuperai personnellement comme tout un chacun au revoir monsieur.

NEGOS. Je comprends votre peine, on ne se préoccupe pas d'unir sa destinée à celle d'un autre quand le malheur vient frapper à la porte de sa maison. C'est justement pourquoi vos pères, l'un se sachant condamné, l'autre ayant décidé de le suivre dans la mort, ont fait appel à mes services. Craignant que votre tristesse ne vous pousse à abandonner toute perspective future, ils ont préféré, avant de s'en aller, m'engager par contrat à trouver l'homme qui vous choisira, qui vous donnera son nom et vous prendra sous son toit.

Le promis réapparaît.

PROMIS. Monsieur... ?

NEGOS. Negos.

PROMIS. Monsieur Negos. Je vous sais gré de vous préoccuper de ma peine, on ne voit pas sans déplaisir disparaître du jour au lendemain les deux hommes qui vous ont fait ce que vous êtes. Mais la vie et la mort de mes pères est une chose (et sachez à ce propos que j'ai jusqu'à la dernière minute conseillé à l'un de ne pas suivre l'autre dans la mort, que j'ai remué ciel et terre pour qu'il abandonne ce funeste projet, pour lui faire apercevoir tout ce qu'il y a d'extravagant à considérer le couple comme une entité indivisible, je l'ai supplié de survivre à ce mari que la force décidait de fuir, ce mari dans l'ombre duquel il avait vécu toute sa vie. En vain. Notez que la nature se moque des lois sociales, que dans notre famille elle s'est amusée à faire partir le plus faible de constitution en premier quand la société le désignait comme le plus fort mais c'est une autre histoire), je m'égare, la vie et la mort de mes pères est une chose et mon futur en est une autre. Vous parlez de l'homme qui me prendra sous son toit, je ne résiste pas à l'envie de souligner l'amusante ambiguïté de ce mot, prendra, et de vous signifier que j'ai moi-même un toit, que par ce fait je ne vois pas de nécessité à être pris sous le toit de quiconque pourquoi pas sous mon propre toit n'est-ce pas mais une fois de plus je m'égare, vous parliez d'un homme qui, m'accueillant sous son toit me protégerait et je lis dans vos yeux que vous m'y voyez déjà, que vous avez déjà une proposition à me faire, c'est pourquoi j'attire votre attention sur les murs de ma maison, monsieur Negos, comme vous le voyez ils ne sont pas en paille, on construit des maisons en dur depuis bien longtemps. Je n'ai donc pas besoin d'un homme pour me protéger des bêtes sauvages, quand bien même m'apprêterais-je à donner la vie.

NEGOS. Voici un caractère, qui a dû faire la fierté de ses pères par l'énergie avec laquelle il embrasse le monde. Mon garçon…

PROMIS. Qui que vous soyez, je vous prierai de ne pas me donner du "mon garçon", vous êtes à peine plus âgé que moi et je ne vois pas l'auréole planer autour de votre crâne qui vous autoriserait un tant soit peu à vous prendre pour mon père.

Silence.

NEGOS. Vous avez trente-cinq ans, vous êtes un businessman accompli, vous volez de succès en succès et pendant ce temps tous les partis intéressants se casent. Il y a en vous une horloge biologique qui est comme une bombe à retardement…

PROMIS. Je vous vois venir…

NEGOS. Pauvres de vous, hommes désignés pour être choisis qui attendent le dernier moment avant de se retourner vers leur destinée, qui s'aperçoivent en dernière instance que ce devoir fui pendant les années de carrière professionnelle est une nécessité physique, hormonale…

PROMIS. Vous êtes bien lyrique monsieur, un peu de sobriété ne nuirait pas.

NEGOS. D'ici quelques années il sera trop tard, vous serez seul le soir avec ne m'interrompez pas vous n'êtes pas le premier homme moderne approchant de la quarantaine auquel je parle famille à construire, désir d'enfant je vous donne trois ans maximum pour sentir le tic-tac s'affaiblir et pour vous apercevoir qu'un bon mari ça ne court pas les rues surtout quand vont sonner les douze coups de minuit j'ai en effet une proposition à faire écoutez-moi je ne vous demande qu'une chose rencontrez-les.

PROMIS. Rencontrer qui.

NEGOS. Un homme exceptionnel, simple et bon et ses pères, croyez-moi ne rejoignez pas les cohortes d'âmes en peine attendant la mort sans la moindre chaleur virile pour les réchauffer. Laissez-moi vous offrir cette possibilité, une alternative, vous pourrez toujours refuser rencontrez-les.

PROMIS. Demain vingt heures. Ici.

Il disparaît.

NEGOS. Demain vingt heures. Nous y serons. Cohortes imaginaires d'hommes seuls attendant la mort sans la moindre chaleur virile, menaçants mirages modernes, merci, vous sauvez mon fonds de commerce.

scène 7

A l'extérieur.

FILS *(seul)*. Monsieur. Je ne peux me contenter de quelques commentaires expéditifs je me permets de revenir vous déranger je me permets de revenir vous voir car monsieur vous n'avez pas saisi l'urgence et la gravité de la situation que j'ai tenté de vous exposer ce matin…

DIRECTEUR *(chez lui).* Et pourquoi vous augmenterais-je, Gattal ? Pour quelles raisons ? Pourquoi maintenant, alors que je viens de critiquer vos résultats en matière de ventes, alors qu'Helsinki me demande des explications quant au faible résultat de Boostermania et de Super-Booster sur notre territoire ? Où est mon intérêt ? Expliquez-moi.

FILS *(seul).* … je n'ignore pas les tonnes de préoccupations qui encombrent vos méninges et qui, lorsqu'un de vos sous-fifres vient vous voir avec une requête bien précise vous pousse à n'en pas mesurer l'importance, à n'écouter que d'une oreille distraite le ridicule mouton qui s'est aventuré hors du troupeau soumis et ose vous importuner, voler quelques secondes de votre précieux temps de business personality surbookée…

ACTE II

scène 1

Chez le promis.

PÈRE 2. Et racontez-nous comment vous vous êtes retrouvé à la tête d'une société.

PROMIS. Oh c'est assez simple, quand Booster International a décidé de s'implanter ici, Helsinki a envoyé un des fils du fondateur pour créer la filiale.

PÈRE 1 *(à son époux)*. Helsinki le siège social de la société Booster International.

PROMIS. Markku Jalonen (c'est son nom) a engagé un cabinet de recrutement...

PÈRE 1 *(à son époux)*. Un chasseur de têtes si tu préfères.

PÈRE 2. Oui j'avais compris.

PROMIS. Le cabinet de recrutement m'a contacté, je travaillais alors comme chef des ventes chez Rochefil Frères, on avait le vent en poupe, ils m'ont repéré, l'offre de Booster m'a intéressé, je l'ai acceptée.

PÈRE 1. Donc tu n'es pas vraiment à la tête de l'entreprise.

PROMIS. Si. Après trois ans, l'envoyé d'Helsinki m'a transmis le témoin. Il est parti créer une autre filiale ailleurs.

PÈRE 1. Un globe-trotter celui-là. Mais tu dois bien recevoir des ordres.

PROMIS. Non. Juste les gammes de produits. J'élabore mon business-plan moi-même. Je gère comme je veux. Tant que je fais des bénéfices bien sûr.

PÈRE 1. Et combien mesures-tu ?

PROMIS. Un mètre quatre-vingt.

PÈRE 1. Tes pères sont morts si j'en crois les informations de notre cher Negos.

PROMIS. C'est exact.

PÈRE 1. As-tu un oncle ou un grand-père ou quelque homme de famille responsable à qui nous devrions parler ?

PROMIS. Je n'ai ni oncle ni grand-père ni famille mais il ne me semble pas vous avoir entendu m'informer de ce dont vous souhaiteriez les entretenir.

PÈRE 1 *(à part)*. Qu'en penses-tu ?

PÈRE 2 *(à part)*. Il n'est pas un peu grand pour notre fils ?

PÈRE 1. Ecoute mon gars tu nous plais beaucoup, à moi et à mon époux, c'est avec joie que nous te faisons l'honneur de t'accueillir au sein de notre famille.

PROMIS. Je vous demande pardon ?

PÈRE 1. Inutile de discuter tu n'as pas le choix, tes pères étant morts, ayant exprimé leur dernière volonté, un prompt mariage pour leur fils, toi, c'est à moi et moi seul de décider et je t'informe que tu fais l'affaire et ne commence pas à t'échauffer les sangs, n'espère pas avoir voix au chapitre, c'est ainsi, tu épouseras mon fils ou je salirai ton honneur, tu seras rejeté de tous, perdras ton emploi, ne pourras plus jamais en trouver un autre, finiras dans la boue du caniveau si tu n'es pas lapidé en place publique pour expier l'impureté chronique des hommes de ton espèce, tu ne me connais pas bien encore mais lis dans mon regard, dans celui respectueux et amoureux de mon époux, dans celui objectif car extérieur de Negos que je tiens parole, que j'ai suffisamment de pouvoir et d'influence pour tenir parole et tu sais que ta parole contre la mienne n'est rien.
Remonte ta chemise s'il te plaît.
(Le promis remonte sa chemise.)
Ça manque de pectoraux. Il faudra songer à soulever de la fonte.
(Le père 1 lui touche la pointe des seins. Le promis réagit au contact. Le père 1 est satisfait.)

Eh bien eh bien ! A présent ouvre ton pantalon.
(Le promis ouvre son pantalon. Le père 1 lui tâte les couilles.)
Tout semble correct par ici mais nous verrons cela le jour des fiançailles.

PROMIS. Cet examen que je subis...

PÈRE 1. Oui mon garçon...

PROMIS. J'exige que le prétendant le subisse également.

PÈRE 1. Tais-toi ce n'est pas la tradition. Et notre fils n'a pas besoin d'examen. Il est parfaitement constitué. Ce garçon a du caractère nous nous ferons un plaisir de lui apprendre à filer droit.

PROMIS. Vous me tenez je l'admets, cependant j'épouserai votre fils à condition qu'il subisse également cet examen, et en ma présence s'il vous plaît.

PÈRE 1. Ecoutez l'impertinent.

PROMIS. Si le prétendant ne subit pas cet examen en même temps que moi, le jour des fiançailles, je disparaîtrai avant le jour des noces. J'en fais le serment. Pour ce qui est du mariage, je n'ai pas le choix, inutile de discuter j'en conviens, mes pères ayant eu l'imprévisible et saugrenue volonté de préférer le repos de leur âme à mon bonheur, je m'incline et sans même vous connaître encore, vous fais déjà pleinement confiance quant à votre volonté de me salir aux yeux du monde si je ne pliais pas et je n'ai pas besoin pour cela de lire quoi que ce soit dans le regard de votre époux qui tremble dans votre dos depuis de longues années je présume, ni dans celui de Negos qui n'écoute que d'une oreille nos petits arrangements et se consacre déjà à imaginer ce qu'il fera de la confortable commission qu'il empochera bientôt, vous tiendriez parole, à n'en pas douter, et ma parole contre la vôtre n'est malheureusement rien, en effet. Son maigre pouvoir me suffira juste à vous faire ce petit serment : si le prétendant ne subit pas le même examen que moi le jour des fiançailles, je m'ôterai la vie à la veille des noces, vous ne saurez m'en empêcher, dussé-je ordonner à mon cœur de cesser de battre.

PÈRE 1. Tu veux jouer au plus fort ? Soit.
Negos cher ami soyez en alerte je vous rappelle.
(Au père 2.) Viens, toi...

NEGOS. Bien bien… J'attends de vos nouvelles…

Ils retournent chez eux.

PÈRE 1. Ce petit con ne sait pas sur quel os il tombe. Dès que ton fils rentre à la maison tu me le convoques il faut lui apprendre la bonne nouvelle nous lui avons trouvé un époux notre famille va s'agrandir.

PÈRE 2. Tu as fait ton choix.

PÈRE 1. J'ai fait mon choix.

PÈRE 2. Es-tu sûr…

PÈRE 1. Tu ne vas pas t'y mettre toi aussi j'ai entendu assez d'impertinences pour la journée j'espère que ce petit con n'a pas planté dans ta petite tête une graine qui te donnerait envie de me faire part de tes opinions à brûle-pourpoint tu attendras que je te consulte si ce n'est pas trop te demander (il va bientôt falloir que je m'écrase dans ma propre maison) oui je suis sûr je suis homme à relever les défis, ce petit con aime le sport ? Laisse-moi te dire qu'il a trouvé le mur sur lequel lancer sa balle.

PÈRE 2. Je me renseigne, c'est tout.

Le fils entre.

PÈRE 1. Te voilà toi tu tombes bien.

FILS. Tant mieux.

PÈRE 1. Qu'est-ce qu'il a ce gosse c'est pas possible qu'est-ce que tu as ?

FILS. Rien j'ai rien j'ai dit tant mieux tu as dit que je tombais bien j'ai dit tant mieux.

PÈRE 1. Que c'est fatigant. On se démène et pour quoi on se démène, pour ça, ce machin palot, anémié, qui rentre du travail et qui dit tant mieux, tant mieux, te voilà toi tu tombes bien, tant mieux. Fatigant. On t'a trouvé un époux. Grand, bien, un peu casse-couilles mais rien d'indélébile, enfin voilà. C'est fait. Et ne saute pas de joie s'il te plaît.

PÈRE 2. Viking…

PÈRE 1. Pendant que tu déplaçais ta tronche grisâtre du bureau à la maison…

PÈRE 2. Oh tu exagères…

PÈRE 1. (Et celui-là qui me coupe la parole à tout bout de champ maintenant.) Pendant que tu trimballais de-ci de-là ta petite tête à claques on a déniché la perle.

PÈRE 2. Je n'ai pas voulu te vexer.

FILS. Je suis très content, père.

PÈRE 1. Tu m'en vois soulagé. Bien entendu nous espérons qu'il te plaira.
Alors, m'autorises-tu à rappeler Negos le marieur pour qu'il vienne ici accompagné de ce garçon ? Acceptes-tu de le rencontrer ?

FILS. Bien entendu, père.

PÈRE 1. Bien entendu. Eh bien c'est parfait.

*

Père 2 et fils, à part.

FILS. Qu'est-ce qu'il a ?

PÈRE 2. Il est un peu fatigué ne fais pas attention c'est ce jeune homme, ils se sont chamaillés, tu connais ton père. Tu as passé une bonne journée mon cow-boy ? Le bureau…

FILS. Je ronge mon frein.

PÈRE 2. Ne te laisse pas faire.

FILS. J'en ai bien l'intention.

PÈRE 2. Ecoute ton papa écoute-moi défends tes droits. Pourquoi les autres et pas toi ? Non il n'y a pas de raison. Ne lâche pas le morceau.

FILS. Mais compte sur moi.

PÈRE 2. Un jour ils viendront tous picorer les graines dans le creux de ta paume.

PÈRE 1. Tu es prêt capitaine ?

FILS. Oui père.

PÈRE 1. Comment ?

FILS. Oui père.

PÈRE 1. Je ne t'entends pas.

FILS. Je oui père.

PÈRE 1. C'est mieux. Et fais honneur à notre famille nom d'un chien.

FILS. Compte sur moi.

PÈRE 1. Bien, file dans ta chambre à présent on te fera appeler le moment venu.
(Le fils sort.)
Ne t'endors pas tu serais capable de donner à voir à ton futur fiancé ce visage froissé et ces yeux de merlan frit dont tu nous gratifies tous les matins au petit déjeuner ce gosse est vif comme une huître mais j'entends que nous avons de la visite...

——— scène 2 ———

Chez les Gattal.
Le promis entre en compagnie de Negos.

PÈRE 2. Entrez je vous prie. Mettez-vous à l'aise. Entrez jeune homme.

PÈRE 1. Ce cher Negos. Toujours aussi rayonnant.

NEGOS. Quand il s'approche du soleil.

PÈRE 1. Negos... Bonjour jeune homme.

PROMIS. Bonjour monsieur.

PÈRE 2. Je vous sers quelque chose qu'est-ce qui vous ferait plaisir j'ai un petit vin d'ortie de derrière les fagots...

PÈRE 1. Boxeur, va chercher notre fils. Jeune homme je te demanderai d'enfiler ta cagoule, je tiens à faire les choses dans les règles de l'art.

PROMIS. Je n'ai pas apporté de cagoule...

NEGOS. J'ai pourtant insisté...

PÈRE 1. ... Ce qui ne me surprend pas, aussi ai-je prévu de t'offrir cette superbe cagoule de coton.
Pas de souci Negos.
Je t'ai prévenu tu ne m'auras pas comme ça, enfile la cagoule tu es tombé sur un os mon joli, cesse de regarder cette cagoule comme un singe découvre son reflet dans un miroir et enfile-la vite parfait à présent enlève tes chaussures, tes chaussures (il faut tout lui dire), voilà elle te va très bien en plus, j'ai hésité entre deux tailles eh bien j'ai choisi la bonne. Que ce cadeau soit le premier d'une longue suite de largesses. Ma générosité ne dépendra que de ta coopération. Voici venir mon fils.
(Le père 2 entre avec son fils.)
Mon fils le moment est solennel sous cette cagoule d'approche se cache l'homme que nous avons choisi pour toi. Prenez votre temps, reniflez-vous, faites connaissance.

*

FILS. Je suis très, comment, heureux. Mes pères disent grand bien de toi. De ta personne. De ta famille. Approche-toi mon soldat (tu sera mon soldat si tu veux bien), approche-toi que je te voie mieux. Tu es grand. J'aime les hommes grands. Ne ne vasne-tu pas t'approcher un peu ? Près de moi. Tu ne crains rien avec moi. Je répugne à user de la force. Je suis avec toi. Je serai avec toi quand nous serons c'est-à-dire unis aux yeux de du monde. Montre-moi tes pieds et tes mains. Tes mains sont fortes et nerveuses. Tes pieds sont stables la plante est joliment creusée, la longueur des orteils harmonieuse. Je suis conquis par tes extrémités, heureux présage. Maintenant laisse-moi voir ton visage.

Le promis enlève sa cagoule.

PROMIS. Tout cela est très embarrassant.

FILS. Vous je monsieur le directeur c'est une mauvaise plaisanterie (pourquoi mais pourquoi est-ce à moi que ce genre de mésaventure)...

PROMIS. Calmez-vous Gattal.

*

PÈRE 1. La célèbre pompe aux grattons de mon époux. Vous n'en trouverez nulle part d'aussi savoureuse.

NEGOS. Vous devez avoir un secret de fabrication... Les grands cuisiniers ont toujours de petits secrets qu'ils ne divulguent pas avant le lit de mort...

PÈRE 2. Détrompez-vous. Je transmettrai toutes mes recettes au promis de mon fils dès le lendemain des fiançailles, aussi vrai que le papa de mon mari m'a convoqué au premier jour dans sa cuisine.

PÈRE 1. Je ne devrais pas vous le dire mais tout réside dans le gratton. Mon époux fourre sa pompe avec des grattons entiers... Gros comme mon doigt...

NEGOS. Il fallait y penser.

PÈRE 2. C'est bien meilleur.

PÈRE 1. La machine est enclenchée.

NEGOS. Enclenchée en effet. Saluons ce grand jour en souhaitant le meilleur aux deux tourtereaux.

PÈRE 2. Amour et prospérité.

NEGOS. Peut-être pouvons-nous profiter de ce moment d'allégresse générale pour évoquer la dot, le contrat et mes honoraires...

PÈRE 1. Rien ne presse cher Negos, laissons-nous aller à notre joie, regardez-le celui-là.

PÈRE 2. Mon mari a raison monsieur, il sera bien temps pour vous de parler argent quand j'entreprendrai d'organiser les festivités du mariage.

*

FILS. Je vous croyais déjà marié.

PROMIS. Erreur.

FILS. Mais vous portiez une alliance au bureau.

PROMIS. Gattal.

*

PÈRE 1. J'ai envie de changer de voiture. Ma 430 me sort par les yeux.

PÈRE 2. Tout se passe bien.

PÈRE 1. J'ai essayé la toute nouvelle 650. Un bijou.

PÈRE 2. Ils sont merveilleusement assortis.

PÈRE 1. Qu'en penses-tu mon boxeur ? Si je laisse la 430 au concessionnaire, il suffit d'allonger neuf mille supplémentaires…

PÈRE 2. 430, 650, tu fais bien comme tu veux.

PÈRE 1. Oh ne vends pas la peau de l'ours. Ce jeune homme a l'air coriace.

*

PROMIS *(seul)*. … Ou alors j'appelle Helsinki je leur demande de me remplacer en urgence, d'envoyer Mika Junttila par exemple, je prends un congé sans solde le temps de trouver autre chose ailleurs. Ou bien encore je démissionne sans explication et je saute dans un avion et pour le reste je vois plus tard.

*

PÈRE 1. Tu aurais pu nous dire que tu travaillais chez Booster International.

FILS. Mais je vous l'ai dit je vous ai dit je vous l'ai dit.

PÈRE 1. Tu t'en souviens, toi ?

PÈRE 2. Maintenant qu'on en parle, oui.

PÈRE 1. Alors celle-là c'est la meilleure de l'année. Tu savais que ton fils travaillait chez Booster International et tu n'as pas tiré le signal d'alarme quand l'autre grand échalas nous a éclaboussé de sa réussite ?

PÈRE 2. Désolé.

FILS. Tu aurais pu t'en souvenir toi aussi, père. Booster International ce n'est pas banal.

PÈRE 1. Si au moins tu arrivais à quelque chose, peut-être qu'on se rappellerait le nom de ta boîte.

PÈRE 2. Il est encore temps de faire marche arrière.

PÈRE 1. Pas question. Impose-toi mon vieux. Montre qui tu es. C'est le moment ou jamais.

*

NEGOS. Tu ne le regretteras pas. Ce sont de braves gens, honnêtes, respectables, riches, entre nous il y a de l'argent à se faire, crois-moi, j'ai le flair. Et pour commencer ils veulent ton bien car ils veulent le bien de leur fils.

PROMIS. Taisez-vous.

NEGOS. Si j'ai un conseil à te donner c'est de jouer le jeu. Ces gens ont toute la bonne volonté du monde mais ils ne sont pas bien malins. Une fois marié, tu les mèneras par le bout du nez.

PROMIS. Laissez-moi.

NEGOS. Rien de plus simple pour toi. Le fils Gattal… Tu aurais pu mal tomber.

*

PÈRE 2. Directeur à son âge… Et malgré les embûches…

*

FILS. Saviez-vous que votre prétendant était l'un de vos chefs de produits ?

PROMIS. Non bien sûr.

FILS. Mon père est décidé. Nous allons nous marier.

PROMIS. Je le sais.

FILS. Bon. Quel âge avez-vous ?

*

PÈRE 1. Vous êtes un homme d'affaires redoutable mon cher.

NEGOS. Vous me flattez...

PÈRE 1. Je n'aimerais pas être compté au nombre de vos ennemis...

NEGOS. Quelle imagination extravagante...

PÈRE 1. Merveilleux Negos, un cerveau des plus achevés...

NEGOS. Monsieur Gattal...

PÈRE 1. Doublé d'un corps sculpté avec finesse dans le plus noble matériau...

NEGOS. Une bien pauvre enveloppe comparée à la vôtre...

*

FILS. Ecoutez nous allons passer notre vie ensemble, essayez d'y mettre un peu d'enthousiasme.

PROMIS. Ne comptez pas sur moi pour jouer les joyeux lurons, Gattal. Si j'accepte de vous épouser, c'est contraint et forcé. Je ferai tout ce que je serai en devoir de faire, ne m'en demandez pas plus.

FILS. Ça promet.

PROMIS. Laissez-moi le temps de digérer. Après on verra.

FILS. Vous ne pouvez plus m'appeler Gattal.

PROMIS. Et comment dois-je vous appeler ?

*

PÈRE 2. Dans un premier temps il s'agit de songer aux fiançailles.

NEGOS. Assurément…

PÈRE 2. Nous souhaitons faire simple.

NEGOS. Très simple oui…

PÈRE 2. Une cérémonie humble et rapide.

NEGOS. Oui c'est une bonne idée…

PÈRE 2. En petit comité, juste histoire de marquer le coup.

NEGOS. Votre mari est un homme fantastique… Non ?

*

PROMIS. Ton père nous propose sa 430.

FILS. Sa quoi ?

PROMIS. Sa voiture. Plutôt que de la revendre à un inconnu, il nous la propose à un prix avantageux.

FILS. Tu sais moi les voitures.

PROMIS. La 430 c'est de la bonne bagnole, six cylindres en V, un couple de 285 newtons-mètres à 3 750 tour/minute, tenue de route irréprochable, comme neuve, une affaire. Je ne sais pas si tu te rends compte. Je revendrais ma 370 sans difficulté elle est nickel.

FILS. Quand m'emmèneras-tu chez toi ?

PROMIS. Oh rien ne presse.

FILS. Je souhaite je c'est-à-dire j'aimerais voir dans quel univers tu vis au quotidien. Quels sont tes goûts. Je te présenterai mes amis après les fiançailles. J'espère qu'ils te plairont. Nous sortirons le soir. Tout va bien se passer.

PROMIS. Qu'est-ce qui, dans ma constitution, fait de moi un être différent de toi qui trouves normal de dessiner notre futur commun sans t'inquiéter de mes aspirations personnelles ?

FILS. Tout va bien se passer.

*

NEGOS. 200 000.

PÈRE 1. 200 000 ! 200 000 Negos. Vous plaisantez 200 000. Nous ne marions pas mon fils au prince de Galles. Non, soyons raisonnables.

NEGOS. Mais la dot est conséquente ne l'oubliez pas.

PÈRE 1. Je ne l'oublie pas mon cher mais 200 000 !

NEGOS. Faites-moi une proposition.

PÈRE 1. 150 000 avec versement de 50 aux fiançailles, le solde au mariage.

NEGOS. 175 000, 75 aux fiançailles...

*

PÈRE 2. On m'a élevé pour me donner à un homme, pour que j'élève ses enfants, il se trouve qu'il n'en voulait qu'un mais onze aussi bien, on m'a appris que j'étais là pour ça.

PROMIS. On n'est pas forcément obligé de se conformer à tout ce qui nous a été gravé dans la cervelle.

PÈRE 2. C'est ton tour aujourd'hui.

PROMIS. C'est vous, vous qui crevez par tous les pores de la vie que vous n'avez pas vécue, qui me demandez d'en faire autant ? Ça vous soulagera d'en voir un autre s'éteindre comme vous avez dû vous éteindre pour supporter ?

*

PÈRE 1 *(seul)*. Comment n'ai-je que ce fils de rien ?

*

PROMIS *(seul)*. Où est ma colère ?

*

FILS *(seul)*. Mais oui tout va bien se passer.

*

NEGOS *(au promis)*. C'est ainsi. Tu ne feras que deux visites : l'une à ton mari, l'autre à ta tombe. Inutile de discuter de ces choses-là.

*

PÈRE 1. … Et un verre de vin d'ortie. Si tu passes par la cuisine bien sûr.

*

PROMIS. Justement. J'y vais demain pour rencontrer le chef des ventes local.

FILS. Tu décolles à quelle heure ?

PROMIS. 6 h 45. Tu me conduis ou tu préfères que je prenne un taxi ? C'est tôt.

FILS. Je te conduis. Mais, tu ne peux pas envoyer quelqu'un à ta place ?

PROMIS. Qui ?

NEGOS. Le commerce de votre mari est si agréable.

PÈRE 2. Rien ne saurait détourner mon mari de ce qu'il sait être le meilleur pour lui et les siens.

*

PÈRE 1. Mon fils m'a parlé. Tu dois abandonner ton travail.

PROMIS. Je vous demande pardon ?

PÈRE 1. Sa virilité est en jeu votre bonheur est en jeu. Ecoute j'ai toujours bandé au quart de tour, je ne vois pas pourquoi mon fils devrait en être empêché par le poids que constitue la réussite professionnelle de son conjoint. Tu es monté à l'échelle, tu as vu le paysage d'en haut, soit, maintenant il est temps de revenir sur terre, de te consacrer à ton homme à ta descendance et à votre maison.

PROMIS. Je ne suis pas encore marié, je n'ai ni descendance ni maison, ceci pour information, et je me charge de faire oublier le moment venu à votre fils la gêne érotique que constitue selon vos dires ma réussite professionnelle. Par ailleurs, quand nous partagerons un toit commun, quand j'aurai enfanté de notre union (puisque c'est moi que le sort a désigné pour abriter le petit pendant qu'il se fabrique de ma chair), j'engagerai le personnel nécessaire…

PÈRE 1. Egoïste ! Je m'apprête à unir mon fils à un égoïste. Je te parle épanouissement et tout ce que tu trouves à dire…

PROMIS. C'est mon dernier mot.

PÈRE 1. C'est ce que nous verrons.

*

PÈRE 2 *(à son fils)*. Réjouis-toi cow-boy. La lune sera rousse pour tes fiançailles.

*

PROMIS *(seul)*. Je disparais.

NEGOS *(seul)*. Je suis un arbre. Tout petit déjà, je me suis dit fais vite, enfonce tes racines au plus profond avant qu'une bourrasque ne t'arrache de la terre, pense à les enfoncer vers le nord vers le sud, vers l'est et vers l'ouest, ne te laisse pas endormir par le vent dominant, sois prévoyant, arme-toi contre la tempête qui viendra à contre-courant décimer la forêt de tous ceux qui se seront armés sous terre pour résister au plus redoutable des vents du nord et n'auront pas la moindre force à opposer à l'imprévisible bourrasque qui remontera de l'improbable sud le jour où le monde aura décidé de changer de sens mais surtout dépêche-toi, bois le peu de lumière qui te parvient et élève-toi avant que les grands chênes ne t'étouffent de leur ombre portée, étale tes branches au plus large avant qu'un autre ne le fasse à ta place, produis de la sève, de la feuille, de la surface, le plus de surface possible, bouffe du gaz, fais de l'écorce, protège-toi, épaissis du tronc, plie mais pas trop, sinon tu pourriras au sol le tronc pété, sois fort, résiste au froid, au chaud, à la vermine, au bec des pics verts, aux fourmis, aux chenilles, aux termites, aux parasites, à la pisse des animaux marquant leur territoire, à la pluie, à la foudre, au gui cette saloperie, aux maladies, épanouis-toi sans perdre de temps, car le temps est compté, la concurrence est rude, personne ne t'attend, les éléments se contre-foutent de ton avenir, et prie pour que le bûcheron t'ignore le plus longtemps possible, pour qu'il trace sa croix jaune sur un autre arbre, un arbre encore plus grand que toi, encore plus fort, un arbre extraordinaire quand tu n'es qu'un arbre banal, pour qu'armé de sa tronçonneuse, le bûcheron n'ait que mépris à l'égard de ton envergure, du diamètre de tes branches maîtresses, de la longueur de ton tronc, ne fais pas trop d'ombre, ne domine pas de trop haut, n'étouffe pas ostensiblement les voisins, sois le plus fort mais profil bas, profil bas.

scène 3

Cérémonie des fiançailles chez les Gattal. Le promis porte toutes sortes de parures qui décorent ou (et) contraignent certaines parties de son corps. Une minerve l'empêche de tourner la tête, des œillères l'empêchent de voir sur les côtés. On retrouve la "cagoule d'approche".
Pendant la cérémonie, le prétendant est devant lui, il remplit son champ de vision.
Le père 2 porte le même harnachement que le promis.
Le fils, le père 1 et Negos portent le même type de costume que le promis et le père mais sans les parures et contraintes, et sans la cagoule.

FILS. Capitaine de mon père, cow-boy de mon papa, je deviens par notre volonté commune le capitaine de mon promis qui sera mon soldat pour la vie.

PROMIS. Corsaire de feu mon père, champion de feu mon papa, je deviens par notre volonté commune le soldat de mon prétendant qui sera mon capitaine pour la vie.

PÈRE 1. Viking de feu mon père, colosse de feu mon papa, devenu par notre volonté commune le viking de mon époux mon boxeur pour la vie, j'accueille dans notre famille le soldat de mon fils qui sera son capitaine pour la vie.

PÈRE 2. Gorille de feu mon père, pompier de feu mon papa, devenu par notre volonté commune le boxeur de mon mari mon viking pour la vie, j'accueille dans notre famille le soldat de mon fils qui sera son capitaine pour la vie.

NEGOS. Gangster de feu mon père, voyou de feu mon papa, devenu par notre volonté commune le gangster de mon époux mon légionnaire pour la vie, mandaté par feu les pères du promis, je donne en leur nom son soldat à votre fils qui sera son capitaine pour la vie.

PÈRE 1. Je pense que nous pouvons procéder aux vérifications.

NEGOS. En effet, éventuellement, c'est le moment.

PÈRE 1. Messieurs. Ouvrez vos chemises.

(Le fils et le promis ouvrent leur chemise. Le père 1 effleure les seins du promis. Celui-ci réagit.)
Ne simule pas.

PROMIS. Je ne simule pas.

PÈRE 1. Bonne réactivité. Par contre, ces pecs sont bien tristes. Je t'avais prié de soulever de la fonte, tu ne sembles pas décidé à suivre mon conseil, à ta guise, nous aurons donc recours aux services de mon ami Blaise Poupix qui t'implantera deux faux pectoraux en résine spéciale et tant que nous sommes dans son cabinet de chirurgie esthétique, greffons quelques touffes de poils sur ce torse quasi glabre afin de souligner avantageusement la nouvelle courbure virile.
Negos...

Au moment où Negos lui effleure le bout des seins, le fils ne peut refréner un gloussement.

NEGOS. Je me permets de vous signaler que les tétons sont un peu sensibles.

PÈRE 1. Mon cher Negos ?

NEGOS. Ecoutez plutôt.

Negos caresse le bout des seins du fils, qui ne peut s'empêcher de glousser.

PÈRE 1. Voyez-vous ça dis donc mon fils, tu n'es supposé avoir qu'une zone érogène, ta bite. Tu vas me faire le plaisir de t'endurcir. Suis-je assez clair ? Quelle image donnes-tu de notre famille je crois que je rêve.

FILS. C'est un accident mais je l'émotion la cérémonie qui me.

PÈRE 2. Et soulève de la fonte toi aussi ça ne te fera pas de mal.

PÈRE 1. Enregistre les conseils de ton papa.

PÈRE 2. Fais-nous des pectoraux cow-boy, des biceps, triceps, arme ta sangle abdominale, muscle tes cuisses, tes fessiers...

PÈRE 1. Enchaînons.
(Le père 1 positionne sa main en corbeille au niveau du sexe du promis.)

Jeune homme s'il te plaît...
(Le promis ouvre son pantalon. Le père attrape solennellement l'élastique du slip d'une main, le tire vers le bas et tâte les couilles ainsi libérées.)
Il en a deux et elles pendent bien.
Negos...

NEGOS *(procédant à l'identique sur le fils)*. Il en a deux et elles pendent bien.

PÈRE 1. Mes enfants rhabillez-vous, grand jour, rions, embrassons-nous le bonheur vient illuminer notre maison.

Embrassades.

NEGOS. Il faudra se rappeler ce moment.

PÈRE 1. Mon garçon, bienvenue dans notre famille.

FILS. Bienvenue dans la maison Gattal.

PÈRE 2 *(libérant son visage des œillères et de la cagoule)*. Tous au jardin, pour la séance photo. Vous n'y échapperez sous aucun prétexte.

FILS. Oh papa...

PÈRE 2. Taratata. Au jardin.

Le prétendant et le promis sortent.

NEGOS. Ah, des fiançailles très réussies...

PÈRE 2. Bien, vous me laissez le temps de déplier le pied télescopique et de placer les fiancés dans le décor et vous nous rejoignez ?

NEGOS. Tout le temps que vous voulez...
(Le père 2 sort. Après avoir vérifié qu'ils sont seuls.)
Tu es content ?

Ils se donnent des petits coups de poing complices.

PÈRE 1. Oui.

NEGOS. Tu n'as pas l'air.

PÈRE 1. Il sera temps de pavoiser après le mariage.

NEGOS. Tu es si méfiant.

PÈRE 1. Mais non. Prudent. Allez. Jardin.

NEGOS. Quand même.

PÈRE 1. Plus un mot.

Negos sort.
Le père 1 sort.

ACTE III

scène 1

Chez les Gattal.

PÈRE 2. L'important, c'est d'abord le gavage. Tu commences à travailler le goût final en composant le mélange nourrissant je te donnerai la recette tu la garderas pour toi inutile de le préciser.

PROMIS. Et vous la gavez combien de temps ?

PÈRE 1. Grands dieux trois semaines.

PROMIS. Ah bon j'aurais cru…

PÈRE 2. Plus ?

PROMIS. Oui.

PÈRE 2. Non non pas pour une petite chose si délicate. Trois semaines.

PROMIS. Bien.

PÈRE 2. Là où le cuisinier exprime toute son originalité, c'est lors de la préparation alors écoute-moi de tes deux oreilles. Je fais chauffer mon huile et pendant ce temps-là, je prépare le récipient d'eau. Cinquante grammes de sucre, très important, je verse mon eau chaude sur cinquante grammes de sucre. Je ne saurais te dire pourquoi, c'est ainsi, secret de famille transmis par mon beau-père. Je remue. Mon huile est bouillante. Je vais y tremper la bestiole.

PROMIS. Vivante ?

PÈRE 2. Bien sûr vivante. Sinon elle arrive molle dans l'assiette.

PROMIS. Bon.

PÈRE 2. Elle ne sent rien. Je l'ai préalablement décérébrée. Elle n'a pas besoin de cervelle pour être croustillante.

PROMIS. Alors ça ne sert à rien qu'elle soit vivante.

PÈRE 2. Si si si. La contraction musculaire qui se produit au moment du contact avec le liquide bouillant est un réflexe, or les réflexes ne passent pas par le cerveau. Quand la papatte touche l'huile, l'impulsion nerveuse initiée au niveau du nerf sensitif se dirige vers la moelle épinière qui transmet immédiatement l'ordre aux muscles de rétracter le membre. C'est cette ultime contraction musculaire qui donnera sa fermeté à la chair. Et par ici on les aime avec la cuisse ferme.

PROMIS. Et vous la laissez longtemps dans l'huile ?

Le fils entre.

PÈRE 2. Malheureux ! Cinq secondes à peine. Tu l'attrapes par la queue, tu la trempes dans l'huile, d'un seul coup, que tous les membres soient en contact avec le liquide avant que la moelle épinière soit cuite, pas plus de cinq secondes j'insiste, ensuite tu la trempes dans l'eau. Un aller-retour.

PROMIS. Un glaçage.

PÈRE 2. Oh là là non rien à voir. Tu la trempes dans l'eau pour la débarrasser de la couche de graisse résiduelle. Mais tu te dépêches, elle doit rester bien chaude. Qu'est-ce que tu fais là toi, tu ne devrais pas écouter nos histoires...

FILS. Papa, je souhaite parler à mon fiancé.

PÈRE 2. Ah, les affaires sérieuses commencent. Je vous laisse nous en sommes au trempage dans l'eau nous en reparlerons.

Le père 2 sort.

PROMIS. Je t'écoute il y a un souci ?

FILS. En effet en effet je je dois t'avouer oh j'ai beaucoup réfléchi. Que lui dire ? Comment s'y prendre pour qu'il comprenne, pour qu'il ne monte pas sur ses grands chevaux...

PROMIS. Mes grands chevaux.

FILS. Et le mieux est probablement de dire les choses comme elles sont.

Ta position à la tête de Booster International me perturbe.
Mon désir je veux dire.

PROMIS. Qu'est-ce que tu en sais ? Nous nous sommes à peine touchés le coude.

FILS. Mais le risque seulement le risque ! Imagine, la fête bat son plein, pour nous le moment est venu, nous nous éclipsons vers la chambre nuptiale, je te déshabille, je me déshabille, et là, devant moi, un monstre, un épouvantail, le grand chef d'entreprise…

PROMIS. Rien n'est tatoué sur mon torse.

FILS. Ecoute, je me dois de te désirer. Pour cela, tu te dois d'être désirable, sinon je ne peux t'honorer. C'est logique c'est technique. Tu dois cesser de diriger l'entreprise, tu dois revenir, je ne sais pas moi, à des considérations plus intimes en ce qui concerne ta réussite personnelle.

PROMIS. Dis-moi. Ou je cesse de travailler…

FILS. Oui…

PROMIS. Ou quoi ?

FILS. Je, vois-tu…

PROMIS. Je vais te le dire moi. Ou je cesse de travailler, ou tu apprends à vivre avec quelqu'un qui a un travail, du pouvoir et qui aime ça, ou bien encore nous annulons le mariage. Toi tu votes pour la première solution. N'est-ce pas ?

FILS. Oui…

PROMIS. Comme c'est ma vie dont il s'agit, moi je choisis d'exclure la première. Hors de question que je cesse de travailler, non négociable.
Mais je suis sport, je te laisse le choix final entre petit deux et petit trois.

FILS. Oui… Ah. Petit deux… ?

PROMIS. Tu peux décider d'apprendre à vivre avec moi qui suis celui que je suis et qui fais ce que je fais, penser que ça vaut le

coup, te distinguer de la masse en montrant que c'est possible, qu'il n'y a pas là de quoi fouetter un chat.
Ou bien, tu informes tes pères de ton désir de rester célibataire jusqu'à nouvel ordre, jusqu'à rencontre plus adéquate.

FILS. Oui sur un autre ton s'il te plaît.

PROMIS. Mon ton ?

FILS. Agressif, offensant.

PROMIS. Mon ton ? Agressif ? Offensant ?

FILS. Tu ne t'entends pas.

PROMIS. Au contraire je m'entends très bien, je t'expose calmement ma position concernant l'épineux problème par toi soulevé...

FILS. Tu te moques de moi.

PROMIS. Ce n'est pas mon ton qui te heurte, c'est ma chanson. Les paroles.

FILS. Fais le malin.

PROMIS. A toi d'en tirer les conséquences.

FILS. Compte sur moi.

Le père 2 entre.

PÈRE 2. Une première dispute les tourtereaux ?

FILS. J'essaye de lui faire entendre raison, je lui explique tu sais quoi, je pourrais aussi bien peigner la girafe. Je préfère ne pas m'énerver vas-y essaye, toi.

PÈRE 2. Garde ton calme cow-boy, à l'évidence rien ne sert de s'énerver. Mon garçon, fais l'effort de m'écouter je t'en conjure. Depuis toujours, depuis que les hommes sont des hommes, nous sommes investis des responsabilités domestiques : faire les enfants, les élever jusqu'à offrir au monde de solides gaillards, organiser l'intendance de la maisonnée, le confort de tout un chacun. Eux, depuis toujours, ont la responsabilité de rapporter au foyer de quoi nourrir les individus qui le composent, adultes et enfants, d'en assurer la sécurité. Notre charge est tournée vers l'intérieur quand la leur vers l'extérieur. Ils animent la vie de la cité, leur pouvoir s'exprime dans le domaine public. Le nôtre s'épanouit dans la sphère privée, l'intime. Et c'est là qu'est le vrai pouvoir c'est là. Nous régissons tout à la maison et la maison est le terreau sur lequel pousse la communauté, nous choisissons et dosons les ferments, nous sélectionnons les grains, nous arrachons les mauvaises herbes. C'est nous qui construisons le monde, c'est nous qui en composons le paysage, pas eux. Nous ne leur concédons que les signes extérieurs du pouvoir, nous les laissons penser qu'ils régentent tout y compris au sein du foyer familial, mais jour après jour, c'est notre main qui façonne.

PROMIS. Le pire c'est que vous le croyez.

PÈRE 2. Je ne devrais probablement pas tenir un tel discours devant mon fils mais la gravité de la situation l'exige. Si c'est le pouvoir qui t'excite...

PROMIS. Mais non...

PÈRE 2. ... rentre à la maison, c'est là qu'il se trouve.

FILS. Economise ta salive papa...

PROMIS. Mais ce n'est pas le pouvoir, pas seulement...

FILS. ... notre ami voit les choses différemment.

PROMIS. Je veux être autonome.

PÈRE 2. Ne t'inquiète pas pour moi, mon fils, s'il le faut je traverserai le désert sur un genou pour assurer ton bonheur.

PROMIS. Je veux être maître de mon destin.

FILS. Cher papa tu en serais capable.

Le père 1 et Negos entrent.

PÈRE 1. Que se joue-t-il ici ?

PÈRE 2. Il s'agit de règles ancestrales, mon petit. Notre mode de vie est le résultat complexe et fonctionnel d'une fabuleuse accumulation d'expériences. Des milliers d'années d'érosion ont éliminé les contraintes inutiles, les droits abusifs, les devoirs injustes pour aboutir à la tradition.

FILS. Rien de ce que nous te demandons n'est orienté contre toi.

PÈRE 1. Quels grands mots va-t-il encore nous jeter à la face ? Je commence à perdre patience.

NEGOS. Reprenons-nous.

PÈRE 2. Pourtant ce n'est pas compliqué à comprendre.

NEGOS. La date du mariage est fixée. Tout est organisé ou quasi. Des sommes colossales ont été investies. Il y a énormément d'intérêts en jeu.

PROMIS. Mais je ne m'oppose pas à ce mariage.

PÈRE 1. Il ne manquerait plus que ça.

NEGOS. Nous sommes entre gens civilisés…

PÈRE 1. Il va falloir mettre de l'eau dans ton vin mon gars, et vite.

NEGOS. Il y a toujours moyen de parvenir à un accord.

FILS. Moi j'aimerais y voir clair. Tu dis que tu veux être autonome, maître de ton destin. Mais le mariage, le couple, cela implique des contraintes spécifiques…

PÈRE 1. Tu perds ton temps capitaine.

FILS. Attends père.
Tu veux dire qu'en dépit du mariage, tu souhaites continuer à jouir pleinement des avantages d'une vie solitaire ?

PROMIS. Non.

FILS. Alors que veux-tu ?

PROMIS. Une vie solidaire.

PÈRE 1. Grand maître dans l'art de la formule.

PÈRE 2. Empereur.

FILS. Mais tu ne seras pas le seul à faire des compromis.

PROMIS. Je ne serai pas le seul à faire des compromis, peux-tu me décrire ce que ce mariage tel que tu te l'imagines et avec toi le cercle qui t'entoure et pousse dans ton sens, changera à ta vie ? D'accord tu ne vivras plus ici, tu auras acquis la très respectable identité de chef de famille, ton cher papa ne sera plus là pour s'occuper de tout, petits plats chemises et chaussettes, mais je l'aurai remplacé (et déjà il m'apprend à frire les souris vertes) alors dis-moi, à part ça ?

FILS. Toi, ton bonheur, nous, nos enfants, la vie de famille jour après jour, la charge de, je ne sais pas.

PÈRE 1. Tu n'arriveras à rien.

FILS. J'avoue que je m'épuise.

NEGOS. Gardons la foi messieurs. Mariage trop vite arrangé, union de courte durée.

PÈRE 1 *(au promis)*. Tu n'es qu'un oiseau de mauvais augure.

PÈRE 2. Je n'osais le dire.

PÈRE 1. Un rabat-joie de la pire engeance.

PÈRE 2. Il veut notre malheur.

FILS. Mon malheur.

NEGOS. En tout cas la ruine de ce que nous bâtissons patiemment.

FILS. N'as-tu pas de cœur ?

PÈRE 1. Cet homme est froid comme la mort. Il avance, machine implacable, il dissimule sa soif de destruction sous de majestueuses cathédrales mentales, de solides, autant dire inattaquables raisonnements avec lesquels il nous étourdit. Méfions-nous, ses propos sont empoisonnés.

PÈRE 2. Un robot.

PÈRE 1. Qui sait quel démon t'a envoyé pour nous persécuter.

FILS. Père, ne t'emporte pas, je t'en supplie, ne prononce rien que tu regretterais demain.

PÈRE 1 *(au promis)*. Suppôt de Satan. Montre-toi sous ton vrai jour, ainsi nous pourrons choisir nos armes et te combattre.

NEGOS. Sorcier.

PÈRE 1. Allez, hors d'ici, étron de Belzébuth. Quitte mon foyer. Je ne peux supporter sa présence en ma maison. Capitaine, il doit débarrasser le plancher.

NEGOS. Honte sur toi et tes ancêtres.

FILS. Va-t'en, cela vaut mieux.

Le promis sort.

PÈRE 2. Une merde diabolique, exactement.

PÈRE 1. Rentre chez toi et attends.
Negos je ne vous félicite pas.

PÈRE 2. Que cette odeur nauséabonde s'évanouisse. Ouvrons les fenêtres mais elles le sont déjà.

NEGOS. Recevez mes excuses les plus plates.

PÈRE 1. Réfléchissons vite à la suite qu'il va nous falloir donner à ces événements.

NEGOS. Dès demain je vous rembourserai l'acompte-fiançailles.

PÈRE 1. Il n'en est pas question, acompte non remboursable, un contrat est un contrat.

NEGOS. J'y tiens.

PÈRE 2. C'est bien la peine que je lui transmette mon savoir-faire.

PÈRE 1. Ecoutez Negos, je vous appelle. Pour l'heure je souhaite me ressourcer auprès des miens.

NEGOS. Oui je le comprends très bien. Encore une fois toutes mes excuses.

Negos sort.

FILS. Mon soldat.

PÈRE 2. Parlons-en de ton soldat. J'aimerais attirer votre attention à tous deux sur l'impression d'inachevé que ne manquerait pas de produire une rupture sur notre entourage.

PÈRE 1. Pour le moins.

FILS. Mais tout n'est pas perdu non.

PÈRE 1. Toujours cet optimisme inébranlable capitaine.

FILS. Je crois en cette union. Je suis convaincu, pour la première fois, d'avoir rencontré celui qu'il me faut pour m'épanouir, pour vivre la vraie vie. Oh je suis bien conscient des difficultés, quelques ajustements devront s'opérer dans sa conception du monde, j'en conviens, oui, mais je suis persuadé qu'il saura voir la lumière là où elle se trouve.

PÈRE 2. Espérons alors.

PÈRE 1. Moi j'ai peine à le croire.

FILS. Laissons passer quelques jours.

PÈRE 1. La branche est pourrie je vous le dis.

FILS. Laissons-le réfléchir.

PÈRE 2. Viking...

PÈRE 1. Soit. Laissons-le réfléchir.

PÈRE 2. A la bonne heure.

FILS. Merci. Je vous adore.

Il sort.

PÈRE 1. Il faut nous débarrasser au plus vite de ce danger public.

PÈRE 2. C'est évident.

PÈRE 1. Ourdissons un complot.

PÈRE 2. Je t'écoute mon viking.

PÈRE 1. Voilà ce que nous allons faire...

scène 2

A l'extérieur, sur la tombe de ses pères.

PROMIS. Vous m'avez poussé à me dépasser, dès que j'ai atteint l'âge de tenir assis par terre sans l'aide d'un coussin, sans le

soutien d'une de vos mains, vous m'avez encouragé à résoudre vos énigmes, quelle pièce s'imbrique dans l'autre, quelle forme passe par quel trou dans la grosse coccinelle en plastique rouge et bleu, vous m'avez donné envie d'apprendre à lire avant les autres, avant la voix du maître, vous m'avez autorisé à choisir la connaissance contre le bon sens commun, vous m'avez aidé à étudier, aussi longtemps que vous en avez été capables et quand votre savoir ne m'a plus été d'aucun secours, vous m'avez soutenu avec discrétion et efficacité, donné confiance, remonté le moral lorsque je baissais les bras. Alors pourquoi cette marche arrière au moment de disparaître ? Pourquoi cet héritage empoisonné ? Vous ai-je de trop loin dépassé, vous ai-je enlevé le goût de m'aimer en réussissant au-delà de toute espérance ? Quel fantôme du passé est venu vous souffler à l'oreille de m'arrêter dans ma course triomphale, qui vous a donné l'idée de signer contrat avec le nuisible Negos ? Si de votre trou dans la mort vous percevez ma forme, ma voix, sachez que je suis venu vous donner à voir ma déconvenue, que je suis venu vous donner à entendre ma détresse, que je ne vous comprends pas, que je ne sais plus qui vous avez été, que je pleure sur l'absurdité de vos dernières préoccupations à mon égard.
Que fais-tu là ?

FILS. Je commence à te connaître.
(Silence.)
Tout est tellement immobile ici.
(Silence.)
Pour une fin agréable.
(Silence.)
Donne-nous une chance.

PROMIS. La balle est dans ton camp.
(Silence.)
Petit deux ou petit trois.

FILS. Quelle obstination.

PROMIS. Mon obstination est à la hauteur de ta certitude. Elle est la certitude que je m'offre. Je suis sûr de mon droit. Au regard de ce qui fait les hommes, j'ai le droit de déclarer ce que je déclare, de demander ce que je demande.

FILS. Une dernière fois que déclares-tu ? Que je sois sûr.

PROMIS. Je suis le même que toi. Je suis à ma place là où je suis.

FILS. Et que demandes-tu ?

PROMIS. Tous les deux mêmes droits et mêmes devoirs. Qu'on me considère à ma place là où je suis.

FILS. Les enfants ?

PROMIS. Ils croîtront dans ma chair, bien entendu, je suis désigné pour vivre cela en particulier mais cela seulement. Dès que le cordon sera coupé qui relie le petit à mon ventre, tous les deux mêmes droits et mêmes devoirs.

FILS. Cela ne ressemble à rien.

PROMIS. A rien que tu aies vu être, il te reste à faire un effort d'imagination.

FILS. Mais les autres ?

PROMIS. Les autres comme ils veulent. Ils verront s'ils veulent.

FILS. Tu demandes beaucoup.

PROMIS. Tu commences à voir ce que je demande.

FILS. C'est beaucoup.

PROMIS. Tu commences à voir. Tu as tout.

FILS. Ce que j'ai, pas grand-chose et peur de le perdre.

PROMIS. Ce que tu as, qui t'a été donné : le dessus, tous les possibles.

FILS. Les possibles autant dire rien.

PROMIS. Non réfléchis, continue.

FILS. La place où tout est possible, tu veux dire, c'est ça ? L'idée que tout est possible pour moi.

PROMIS. Ce qui est loin d'être rien.

FILS. J'ai ce que j'ai j'ai le dessus oui, mais je n'ai pas choisi moi non plus.

PROMIS. Oublie le choix, personne ne choisit ce qu'on lui donne. Et nous ne cherchons pas de faute.

FILS. Ah bon ?

PROMIS. Non, nous ne cherchons pas de faute. Tu n'as pas choisi mais ce qui t'a été donné tu l'as, quand, à moi, on ne l'a pas donné et on a appris à ne pas trop le vouloir. On m'a néanmoins laissé le prendre et aujourd'hui on veut m'interdire de l'avoir.

FILS. Je pourrais commencer à voir.

PROMIS. Est-ce juste ?

FILS. C'est terrifiant. Que suis-je d'autre que ce que j'ai, qui m'a été donné ? Que suis-je de plus que toi si je ne l'ai plus ? Je ne suis rien de plus que toi. C'est ça ? C'est ça. Je suis le même que toi avec en plus l'idée que je suis plus, idée qui m'a été donnée, comme t'a été donnée l'idée que tu es moins. Et de même que tu cesses d'être moins en rejetant l'idée... C'est terrifiant.

scène 3

Chez les Gattal.

PÈRE 1. Un bruit court.

PÈRE 2. Oui un bruit.

NEGOS. Un bruit ?

PÈRE 1. Un ami m'a rapporté que le frère d'un de ses amis aurait vu le promis je veux dire le nôtre attablé dans un établissement du centre-ville, buvant à une heure tardive avec un inconnu.

NEGOS. Par tous les saints.

PÈRE 2. Et le récit n'est pas terminé.

PÈRE 1. Le frère de l'ami de mon ami reconnaissant le promis du fils de l'ami de son ami c'est-à-dire le nôtre aurait alors attendu que les deux comploteurs se décident à quitter l'établissement en question...

PÈRE 2. Flairant l'embrouille en quelque sorte.

PÈRE 1. … Ce qu'ils ne tardèrent pas à faire.

NEGOS. Dieu du ciel.

PÈRE 2. Attendez Negos, c'est édifiant.

PÈRE 1. Le jeune garçon les aurait alors suivis de rue en rue pour finalement les voir entrer à l'hôtel des Trois-Gares et prendre à l'accueil la clé d'une chambre réservée à l'avance.

NEGOS. N'en dites pas plus.

Negos sort.

PÈRE 1. N'en dites pas plus n'en dites pas plus, il va bien falloir qu'on en dise plus. Non seulement ce garçon ruine l'ego de mon fils mon unique fils mais en plus il roule mon nom dans la fange.
Moi je dis : il faut interrompre la série au plus vite.
Ce gredin exerce une influence.

PÈRE 2. Couché avec un étranger, dans une chambre d'hôtel, j'ose à peine l'imaginer.

PÈRE 1. C'est bon il est loin.

PÈRE 2. Cela se présente bien.

scène 4

Chez Booster International.

PROMIS. Je n'ai plus de nouvelles des Gattal. Le fils ne vient plus travailler. J'aimerais savoir ce qui va se passer maintenant.

NEGOS. Patience.

PROMIS. Negos, je suis officiellement fiancé, ma future belle-famille ne donne plus signe de vie, permettez-moi d'être inquiet, quelque chose se trame.

NEGOS. Laissez à ces braves gens le temps de se remettre.

PROMIS. Mais de quoi ?

NEGOS. De cette dispute, du différend qui vous oppose, laissez-les dormir dessus, avaler la couleuvre, ils le feront, ils finiront par le faire.

PROMIS. Je n'en crois rien.

NEGOS. Cessez d'être aussi sûr de vous, aussi définitif vous aussi ! Vous avez affaire à des personnes sensées, accordez-leur ce crédit, capables de réflexion, d'évolution, si tout est joué d'avance autant se supprimer, non ?

PROMIS. S'il faut leur laisser quelque temps de réflexion, va pour la réflexion. Je ne suis plus à une semaine près. Vous savez, je suis fatigué. J'aimerais en finir. Quelle que soit l'issue de cette malheureuse histoire, je souhaite faire tout ce qui est en mon pouvoir pour la hâter. Tenez-moi informé de l'avancée des réflexions.

NEGOS. Voilà qui est sage.

PROMIS. Maintenant Negos, si vous le permettez, j'ai du travail.

scène 5

Chez les Gattal.

FILS. Le traître le fourbe le dans un hôtel… Sans se soucier le moins du monde de, oh le salaud, si je m'écoutais…

PÈRE 2. Cow-boy, voilà ce que le ciel t'envoie.

FILS. Avant même que je découvre son corps, que je lui montre de quel bois je me chauffe… C'est idiot je n'arrive pas à vous croire, cette main étrangère posée sur ce qui est à moi, ce soc visitant les chairs à moi destinées…

PÈRE 1. Ton soldat semble décidé à détruire notre maison. Il se tient tapi sous une fenêtre ouverte, caché parmi les tulipes, il a déjà dégoupillé une grenade, il ne lui reste qu'à tendre le bras, à la lancer en cloche, elle roulera sur notre parquet et avant même que l'un d'entre nous trois ait réalisé queue de chique, elle percera nos tympans, extirpera l'air de nos poumons qui imploseront et nous tomberons, criblés de ses carrés de chocolat de la mort.

PÈRE 2. La lumière tamisée sur leurs deux corps suant le désir...

FILS. Non s'il te plaît...

PÈRE 2. Et la liqueur mon fils.

FILS. Ah papa tais-toi je meurs.

PÈRE 1. La liqueur capitaine.

FILS. Le chien.

PÈRE 1. Cette liqueur étrangère qui une fois pour toutes vient discréditer la tienne.

PÈRE 2. Ce fluide envahisseur qui vient te chanter à l'oreille "Terrain connu, ce canyon a été traversé pour la première fois par Untel, il a exploré les méandres de sa rivière, il en a découvert les anfractuosités les plus secrètes, il a imprimé sa marque un peu partout et toi, visiteur, n'oublie jamais que tu n'es pas le premier, car Untel est passé avant toi, pour toujours et à jamais avant toi passé, y repassera quand il voudra..."

FILS. Ma force me quitte.

PÈRE 1. Qui supporterait cela ?

FILS. Un pleutre un animal rampant un demi-queue mais pas moi. Pas moi.

PÈRE 1. Tu sais ce qu'il te reste à faire.

FILS. A mort s'il n'y a pas d'autre solution il n'y a pas d'autre solution ? Je veux dire pour laver le nom, le, non il n'y en a pas d'autre, à mort.

PÈRE 2. (Ton devoir.)

Negos entre.

NEGOS. Messieurs bien le bonjour.

FILS. A mort.

PÈRE 2. Cow-boy.

FILS. Il l'aura bien cherché.

PÈRE 1. Capitaine.

NEGOS. Dieu du ciel !

PÈRE 2. Viking...

PÈRE 1. Boxeur ?

PÈRE 2. Battons le fer tant qu'il est chaud.

FILS. Il récolte ce qu'il a semé.

PÈRE 1. Negos ?

NEGOS. Il est dans son bureau.

FILS. Dans le fond je suis soulagé.

——— scène 6 ———

Chez Booster International.

PROMIS *(au téléphone).* Yes... OK Junttila... I know, but you... Yes I know, Markku Jalonen send me a note... Fine... It's just... Like... Yes... I'll talk to Rondin. Bye there.

PÈRE 1. Je vais te demander de nous suivre.

PROMIS. Où ?

PÈRE 1. Où tu veux. Chez toi.

PROMIS. Pourquoi ?

PÈRE 1. Nous avons un petit arrangement à finaliser.

PROMIS. Quel arrangement ?

PÈRE 1. Ecoute, il est inutile de faire du tapage, nous y laisserions tous des plumes.

FILS. Viens puisqu'on te le demande.

NEGOS. Rien de très compliqué nous t'informerons en route.

PROMIS. Informez-moi ici. Je ne bouge pas.

FILS. L'hôtel des Trois-Gares.

PROMIS. Oui ?

PÈRE 1. Ecoute réglons nos histoires de famille en famille je te demande de nous suivre, je te le demande comme une faveur.

Silence.

PROMIS. Accordez-moi juste un instant.
(Au téléphone.)
Rondin ? Oui il faudrait que vous appeliez Junttila à Helsinki… Voilà, je dois m'absenter dites-lui de vous expliquer directement ce qu'il veut… Oh d'ici une ou deux heures…

NEGOS. Oui oui ça suffira largement.

PROMIS *(avant de raccrocher).* Merci.

Ils sortent.

NEGOS. Jeune homme, vous vous êtes mis dans de beaux draps.

PROMIS. J'ose espérer qu'on ne me fait pas quitter mon bureau pour une peccadille, alors, que se passe-t-il à l'hôtel des Trois-Gares ?

PÈRE 2. Fais l'innocent.

PROMIS. De quoi m'accuse-t-on cette fois-ci ?

FILS. De quoi m'accuse-t-on écoutez-le !

PÈRE 2. Quel toupet.

PÈRE 1. Que chacun garde son calme je vous en prie, nous marchons encore en pleine rue. Negos je vous avais pourtant signifié d'attendre que nous soyons en lieu sûr.

NEGOS. Mais je n'ai encore rien dit.

PÈRE 1. Un peu de tenue.

Ils arrivent chez le promis.

PROMIS. Va-t-on enfin m'expliquer…

PÈRE 1. Toi silence.

Tout en parlant, le fils enlève sa veste et sa chemise. A la fin de sa réplique, il est torse nu.

FILS. Le soupçon plane. Il condamne par avance notre descendance. Comment pourrai-je désormais affirmer sans l'ombre d'une hésitation que nos enfants sont le fruit de notre union, qu'ils portent mes gènes mêlés aux tiens et non un jeu de chromosomes collectés au hasard dans le réservoir fertile offert sur un gémissement d'extase par quelque jouisseur qui t'aura détourné de la route et troussé derrière un arbuste ?

PÈRE 1. Si tu dois parler, c'est maintenant ou jamais.

PROMIS. Je ne comprends pas, que se passe-t-il au juste ?

PÈRE 2. Il nie.

PROMIS. Mais parlez clair nom d'un chien. Parle, que vient faire l'hôtel des Trois-Gares dans cette histoire ?

PÈRE 1. L'impudent.

FILS. C'est la fin.

NEGOS. Votre prétendant et ses pères vous rejettent officiellement, vous avez agi légèrement, et par le fait accompli causé la honte de la famille. Des gens qui vous accueillaient comme leur propre enfant.

Chacun des deux pères attrape le promis par un poignet.

PROMIS. Mais enfin…

PÈRE 1. Silence à présent allonge-toi.

PROMIS (*s'allongeant*). J'aimerais bien savoir ce que vous entendez par "agi légèrement"…

PÈRE 1. Encore une fois, silence.

PROMIS (*gagné par la panique*). Je ne vois pas de quoi vous… Je ne connais pas d'hôtel des Trois-Gares… J'utilise un hôtel pour loger les visiteurs… Les Finlandais… Depuis plusieurs mois…

Toujours le même… L'hôtel des Arts… Il est bien placé… Confortable… Vous voulez parler de l'hôtel des Arts ? Répondez-moi…

Le promis s'est allongé. Immédiatement, les quatre autres l'immobilisent. Negos tient ses chevilles, chaque père tient un poignet du promis près du corps. Le fils s'est agenouillé au sommet de sa tête. Il a posé une main sur la bouche du promis pour le faire taire.
Le promis n'émettra plus un son jusqu'à leur départ.

FILS. Tu as été vu en ville en compagnie d'un homme. Vous avez commis le crime de fornication. Il n'y a pas le moindre doute, nous avons plusieurs témoins, tu as été reconnu sur photographie par sept clients du débit de boissons dans lequel votre folle soirée a débuté.
Nous avons par ailleurs une attestation signée de la main du gérant de l'hôtel des Trois-Gares corroborant notre hypothèse quant à la poursuite de vos coupables méfaits dans la chambre 214 de l'établissement susnommé. Notre honneur est atteint, notre nom souillé, ma confiance trahie. En ma qualité de prétendant floué, je me vois contraint de te mettre à mort. Tu échappes au bûcher, à la pendaison, la lapidation et la roue, pratiques que je juge indignes de notre époque. J'ai réussi non sans mal à convaincre mes pères qui, dans un ultime élan de générosité, ont opté sur mon injonction pour la strangulation en comité restreint.
Ton sang ne coulera pas.

Le fils étrangle le promis dans le plus grand silence. Après que le corps a cessé de bouger, les pères, le fils et Negos se lèvent. Le fils se rhabille. Ils quittent l'appartement.

LE FANTÔME DU PROMIS. Je suis une montagne. J'ai vu les soleils se lever, se coucher, les nuits étoilées, les brouillards et brumes, les tempêtes, les printemps précoces, les hivers tardifs, les pentes gelées, monceaux de neige, avalanches, les hibernations d'ours, de rongeurs, les lapins et les aigles fondant sur les lapins, les hommes chasser, s'installer dans les cavernes, construire les villages, les moutons brouter bas en hiver, brouter haut en été, les transhumances, les arbres, les torrents, les lacs, les routes se construire, l'apparition du moteur à explosion, le train à vapeur, les

creusements de tunnel, les trains qui sifflent avant d'entrer, qui grondent à l'intérieur, resifflent en sortant, les visiteurs par wagons, les Jeux olympiques, les descentes, les slaloms, les géants et les spéciaux, la naissance de l'alpinisme, les alpinistes m'escalader, seuls ou en cordées, par le sud, par l'est, par l'ouest et par le nord, ouvrir des voies, réussir, échouer, certains plusieurs fois, geler, se faire couper des doigts, des mains des pieds, mourir, fiers-à-bras saisis et conservés dans les glaces, qui voulaient mon sommet, ceux qui l'ont eu, ceux qui ne l'ont pas eu, et parmi eux ceux qui l'auront un jour, ceux qui ne l'auront jamais, qui manqueront toujours d'oxygène, de jus, de je ne sais quoi.
J'ai grondé, je me suis fendue, laissant s'écouler des rivières de lave brûlante, anéantissant tout, tout fertilisant avec le temps, j'ai vu la vie revenir, tout se reconstruire, plusieurs fois, les uns hurler leurs enfants à naître, les autres apprendre qu'ils devenaient pères, les vieux s'écarter, les jeunes prendre place, le savoir se transmettre, les épidémies, la curiosité, les progrès, les épidémies nouvelles, les nouveaux progrès, le travail, le bois, le fer, l'acier, les heures, les jours, les années après les siècles. Et longtemps encore les nuages viendront heurter mon sommet, s'y accrocher, brouillards et brumes, longtemps encore. On ne m'aura pas comme ça.

Ma forêt fantôme

à Christophe et Franck

PERSONNAGES

JEAN, *cinquante-cinq à soixante ans.*
NICOLAS, *compagnon (mort) de Jean.*
SUZANNE, *sœur de Jean, son aînée de deux ans.*
PAUL, *compagnon (mort) de Suzanne.*
DOCTEUR 1.
DOCTEUR 2.
DOCTEUR 3.
L'HOMME.

La présence des morts n'a rien de mystique, rien de fantomatique. Ils sont là, pour Jean, au même titre que les vivants.
Jamais personne ne touche personne.

Cette pièce a fait l'objet d'une commande de la part de Pierre Leenhardt. Elle a été créée en mars 2002 à La Fonderie (Le Mans), à la suite d'une résidence, dans une mise en scène et avec les costumes de Denis Lachaud. Scénographie de Giulio Lichtner. Lumières d'Eric Leenhardt. Fabrication de Pierre Blot. Couture d'Annie Lachaud. Avec : Dominique Jayr (Suzanne, docteur 2), Pierre Leenhardt (Jean), Franck Magnier (Nicolas, docteur 1), Christophe Perrier (Paul, l'homme, docteur 3).
Coproduction Griffon théâtre (Nantes), La Fonderie (Le Mans) et Le Téatralala. Avec le soutien de la ville de Nantes et de la région des Pays de la Loire.

ACTE I

scène 1

Chez Jean. Il est assis dans son fauteuil.

JEAN. Je ne t'ai jamais vu.

NICOLAS. Moi si.

JEAN. J'ai laissé traîner un pneu dans le jardin. La cane a pondu dedans. Douze œufs. Et j'ai douze canetons. On n'a jamais eu un rendement pareil.

NICOLAS. Tu l'as fait exprès ?

JEAN. Mais non, pas du tout, j'étais loin de m'imaginer qu'un pneu en caoutchouc, la cane a pondu dedans. Il doit y avoir un truc dans ma roue avant gauche, ce n'est pas possible. Le garagiste dit que non. C'est la cinquième fois que je crève en deux mois.

NICOLAS. Et toujours à l'avant gauche.

JEAN. Et toujours à l'avant gauche.

NICOLAS. Change la roue.

JEAN. J'y songe. Tu sais combien ça coûte, une roue ?

NICOLAS. Tu t'en fous.

JEAN. Je ne t'ai jamais vu.

NICOLAS. Moi si.

JEAN. Quand Suzanne saura pour le pneu, elle en voudra un pour son jardin.

NICOLAS. Ecoute ça.

scène 2

Suzanne entre.

SUZANNE. C'est fini. Si tu veux venir le voir.
(Elle sort, retourne chez elle, Jean la suit.)
Tu n'es pas obligé.

JEAN. Alors non si tu veux bien.

SUZANNE. Quelle heure est-il ? Tu ne veux pas t'asseoir ?
(Il s'assied.)
Voilà. Il s'est accroché le pauvre. Jusqu'au bout. Il y a de l'énergie et quelque chose de farouche, comme de la volonté. Je ne sais pas. On a un gros réservoir de, je ne sais pas. Et pourtant il ne bougeait presque plus, il ne réagissait plus à rien. Il respirait, de ce petit souffle arraché à la pesanteur en y mettant toute la force de son corps et de son âme, tout ce qui lui restait de force pour soulever sa poitrine, attirer l'air jusqu'aux poumons et ensuite chasser les mauvais gaz et tout le scénario à nouveau. Un effort presque imperceptible, de toi à moi un tout petit machin au résultat, la respiration d'un chaton pas sevré, mais pour peu que je me colle à son visage, j'avais l'impression d'assister à un chantier de monstrueuse envergure, un déplacement de montagne ou autre, tu vois le genre, tu traverses une carrière avec ton casque sur la tête et tu n'en crois pas tes yeux, les machines sont énormes, elles creusent à flanc de falaise et les hommes qui les manœuvrent semblent gros comme des insectes. Et tout ça grouille et s'active sans relâche et soulève des fumées. Ce genre de chantier. Il y avait une telle tension sous sa chair, une telle concentration de la matière pour soulever cette fine poitrine décharnée... Je lui caressais le front je lui parlais tout doucement en m'approchant de l'oreille, qui sait s'il m'entendait encore, je lui disais "Détends-toi mon Paulo, arrête de faire tous ces efforts, laisse-toi partir" quand je pouvais je lui disais ces choses-là car je te prie de croire que ce n'est pas facile de dire à son homme "laisse-toi mourir, le jeu n'en vaut plus la chandelle", tu te fais l'effet d'un monstre, de quel droit tu dis ça, peut-être qu'il tient à ce petit bout de vie malgré tout etc.,, etc., mais toi qu'est-ce que tu vois en attendant, tu vois un pauvre corps torturé qui ne se

résout pas à lâcher, par réflexe probablement, sans que la volonté ait rien à y voir car de volonté mon mari n'en a plus depuis longtemps, j'en suis persuadée, pas plus qu'il n'a ce qu'il faut pour ressentir quoi que ce soit. Alors évidemment, à ce stade-là, on lui souhaite de partir, ça peut se comprendre, j'espère. Tout à coup il a remonté sa main sur son front, devant ses yeux, il s'est caché derrière sa main et voilà. Je n'ai pas senti tout de suite qu'il ne respirait plus.

scène 3

Chez Suzanne.

JEAN. Tu veux que je m'occupe des faire-part ?

SUZANNE. Non. Ou plutôt si, qu'on s'en occupe ensemble. Que je n'oublie personne. Il faut qu'on fasse une liste.

JEAN. Tu as pensé à une entreprise de pompes funèbres ?

SUZANNE. Ecoute Jean. Non je n'ai pas pensé à une entreprise de pompes funèbres tu as quelqu'un à me suggérer ?

JEAN. C'est comme tu veux. Il faut penser à ce genre de choses mais tu fais comme tu veux.

SUZANNE. Oui Jean.

NICOLAS. Ne te vexe pas. Elle vient de perdre son mari.

SUZANNE. Très bien. A quoi dois-je penser encore ?

JEAN. Oh moi tu sais, tu fais comme tu veux.

SUZANNE. Ne te vexe pas Jean s'il te plaît, c'est juste que je suis, dis-moi à quoi je dois penser, tu le sais toi, dis-le-moi.

NICOLAS. Ce que tu peux être chiant.

SUZANNE. Il faut préparer Paul. Tu m'aides ?

JEAN. Si tu veux.

Paul apparaît.

NICOLAS. Tiens te voilà toi.

PAUL. Me voilà.

NICOLAS. Sacré Paul.

Plus tard.

JEAN. Je suis désolé.

SUZANNE. C'est rien.

JEAN. Les corps sans vie.

SUZANNE. Oui oui.

JEAN. Je ne supporte plus.

SUZANNE. Prends-toi un remontant. Va te chercher un verre de whisky.

JEAN *(en sortant)*. Tu en veux un ?

SUZANNE. Non.

scène 4

SUZANNE. Paul ne se lève plus depuis six mois, ne parle plus depuis un an. Je ne sais plus quand il a arrêté de voir. Il a régressé insensiblement, je n'ai pas pris de repères, sauf au début, pendant les deux premières années, Nicolas allait de plus en plus mal, les yeux, puis les poumons, le système digestif, une attaque au cerveau je crois et de nouveau les poumons, pas le temps de remonter la pente. Toutes ces hospitalisations ont joué un rôle de pierre blanche. Chaque souffrance de Nicolas s'est associée dans mon esprit à l'état dans lequel se trouvait mon mari à ce moment-là. Depuis que Nicolas est mort, c'est plus flou. Le cerveau a fondu à petit feu. Sur huit ans. Etape par étape. Paul a perdu l'équilibre en même temps qu'il commençait à perdre la mémoire, il a perdu la connaissance de ses proches, un par un jusqu'à sa femme, il a perdu la parole, il a perdu la capacité de manger seul, d'être propre, il a tout perdu. A une vitesse ! Incroyable. Les dernières années. Interminables.

Jean entre chez Suzanne.

SUZANNE. Où est Paul ?

JEAN. Il est retourné dans le jardin..

SUZANNE. Tout à l'heure il était debout devant le rosier, sécateur en main, il regardait les fleurs en se demandant ce qu'il était venu faire là. Tu te rends compte ?

JEAN. Qu'est-ce que tu lui as dit ?

SUZANNE. Rien. Quelque chose dans le genre "Alors, ces roses ?", que veux-tu que je dise.

JEAN. Et ça l'a fait redémarrer ?

SUZANNE. Comme si j'avais lâché la pédale d'embrayage. Paul n'embraye plus.

JEAN. Nicolas est malade.

SUZANNE. C'est grave ?

JEAN. Il peut perdre la vue.

Long silence.

SUZANNE. C'est la loi des séries ou quoi. Merde.

JEAN. Ils sont tombés malades en même temps. On a détecté Alzheimer chez Paul fin novembre 92 et deux semaines plus tard, rétinite à CMV chez Nicolas et le VIH. Nicolas est mort le 27 janvier 95. Il avait tout perdu lui aussi, à commencer par les yeux, donc. Paul tenait encore debout en 95. Il ne savait plus très bien où il était, ma sœur l'accompagnait partout, elle s'était mise à le surveiller, elle ne le laissait plus sortir seul. Elle s'était résignée à devenir l'infirmière de son homme.

SUZANNE. On ne pense plus qu'à ça. Où est Paul, que fait Paul, est-ce qu'il n'est pas en train de se mettre en danger, est-ce qu'il n'est pas en train de mettre quelqu'un en danger… C'est comme avoir un enfant de quatre ans, mobile, assez autonome mais pas toujours très conscient des risques. Je suis devenue la mère de mon mari. Et ça l'agace. Il ne supporte pas de me sentir tout le temps derrière lui.

JEAN. Il n'est pas devenu ton enfant pour autant.

SUZANNE. Qu'est-ce que je dois faire ?

JEAN. Demande à ton médecin.

SUZANNE. Mon médecin ? Il n'y a pas d'ordonnance pour empêcher Paul de foutre le feu à mes figuiers en voulant faire brûler un tas de mauvaises herbes.

JEAN. Paul a regardé Nicolas imploser comme on assiste à une répétition générale, puis il a oublié qu'il avait vu mourir Nicolas, puis il a oublié Nicolas. Et pendant cinq ans j'ai regardé Paul s'éteindre au ralenti. Les problèmes cérébraux c'est terrible. On ne peut plus avoir confiance en quelqu'un qui perd tout, oublie tout. Il faut trouver d'autres moyens d'aimer. Que la confiance. On n'est plus à égalité. On doit renoncer à l'égalité comme au reste.

scène 5

Chez Suzanne.

SUZANNE. Comment on fait les premiers jours ? Comment je vais faire ? Comment tu as fait toi ?

JEAN. Je ne saurais pas te dire. Je me suis consacré à l'organisation des funérailles, aux démarches administratives. J'ai tout réglé en un temps record. Dans le brouillard.

SUZANNE. Moi j'ai les jambes sciées. Tous ces mois à le veiller, le nourrir, le laver, le masser, lui parler. Et son cerveau a fondu et il meurt.
Et je n'ai pas la moindre envie de remuer le petit doigt.

JEAN. Si tu veux je m'occupe de tout.

SUZANNE. Tu plaisantes. Ça va revenir.

PAUL. Mais puisqu'il te propose de s'occuper de tout.

SUZANNE *(en même temps que Paul)*. Je le sens, ça va revenir. C'est étonnant, quand je pense à Paul, c'est le gaillard debout, mon bonhomme, j'ai déjà effacé le corps dans le lit.

JEAN. Ça travaille vite.

SUZANNE. Pas trop vite j'espère.

JEAN. Jamais trop vite.

scène 6

Chez Suzanne.

PAUL. Alors ça fait quoi d'être aveugle ?

NICOLAS. C'est vachement marrant. On voit du noir tout le temps. Et de griller ses neurones ?

PAUL. C'est désopilant. Désopilant. J'ai toujours adoré ce mot-là. Désopilant. Un gag désopilant. Je crois qu'il n'y a pas plus con que l'expression "gag désopilant", non ? Tu ne trouves pas ?

NICOLAS. Tu sais Paul je suis aveugle je ne suis pas sourd j'ai bien compris. C'est désopilant de griller ses neurones.

PAUL. Oui voilà. Toi tu m'énerves pas s'il te plaît.

SUZANNE. Paul.

PAUL. Quoi. Qu'est-ce que j'ai dit. Si on m'emmerde je vais dans le jardin.

SUZANNE. Paul.

PAUL. Je vois bien que tout le monde se fout de ma gueule ici. Je vous rappelle que je suis chez moi et que je ne suis pas chez moi pour laisser mon entourage rigoler sur mon dos, ça ne va pas se passer comme ça, si vous envisagiez d'élire cette maison comme l'endroit où on retrouve les copains pour rigoler un bon coup sur le dos de ce sacré Popaul, vous vous êtes mis le doigt dans l'œil. Et puis merde je vais dans le jardin. Prévenez-moi quand le facteur passe, j'ai des choses importantes à lui signaler à propos de mon courrier.

Paul sort.

SUZANNE. C'est quoi cette histoire de courrier ?

JEAN. Va savoir.

Suzanne sort.

NICOLAS. Fait chier.

scène 7

JEAN. On descendait certains week-ends. Quand on pouvait, quand Nicolas allait bien, qu'il avait le moral, quand Suzanne et Paul ne l'avaient pas du tout. Paul était imprévisible. Quelqu'un faisait tourner une roue de loterie dans sa cervelle. Une humeur par case. Paul en changeait d'une seconde à l'autre. On découvrait des aspects de sa personnalité qu'il n'avait jamais montrés auparavant.

Chez Suzanne.

SUZANNE. Allez joue Paul, c'est à toi.

PAUL. C'est à moi ?

SUZANNE. Oui c'est à toi. Jean a fait "onyx" et moi j'ai fait "képis" au pluriel en rajoutant un "s" à "gommé" et j'ai pris, regarde, j'ai pris un "mot compte triple". Regarde.

PAUL. C'est un "mot compte triple".

SUZANNE. Voilà. Maintenant c'est à toi.

PAUL. A moi… A moi… J'ai rien.

SUZANNE. Comment ça tu as rien. Fais voir.

JEAN. Quand sa maladie a progressé son caractère s'est stabilisé dans une placidité souriante et sereine.

SUZANNE. Mais si. Regarde. Si tu mets ça là et ça là.

PAUL. Ah oui j'avais pas vu. Fourmi.

SUZANNE. Reste plus qu'à trouver une place pour le mettre.

PAUL. Qu'est-ce que tu es alerte, toi.

JEAN. Content de vivre. En apparence du moins. Il avait bien quelques éclairs de lucidité.

PAUL. Vous savez, j'ai l'air idiot, comme ça, mais je me rends compte de tout. De tout.

JEAN. On était d'accord pour le croire. Malgré cet air ébahi qui ne le quittait plus, Paul réalisait de temps en temps que son mal évoluait. Par exemple, il ne prononçait plus mon prénom. Il me regardait, ça bouillait dans sa tête, on le voyait qui cherchait, "qui ça peut bien être, ce type chauve ?", sa femme me parlait avec familiarité, il se doutait bien qu'il était censé me connaître. Alors il trouvait tous les moyens de s'adresser à moi ou de m'appeler sans avoir à me nommer et il jouait qu'il savait qui j'étais. Suzanne s'astreignait à me nommer régulièrement devant lui mais en général ça ne suffisait pas.

PAUL. Jean ? Qui est ce Jean ?

JEAN. Il arrivait aussi qu'il vînt me voir au bout de quelques heures et qu'il me demandât : "Qui es-tu, toi ?" Il avait toujours un air infiniment las quand il posait cette question. Parfois il me reconnaissait en cours de journée, alors il me donnait du "Jean" à n'en plus finir, il en avait plein la bouche, il savourait. Paul a passé des journées entières assis sur la chaise où Suzanne l'installait tous les matins. Les derniers temps Suzanne vivait pour deux, parlait pour deux. Tu as chaud ? Tu veux enlever ton peignoir ? C'est vrai qu'il fait bon dans cette maison.
Jean lui enlève son peignoir.

PAUL *(à Jean).* Qui es-tu, toi ?

JEAN. Jean. Ton beau-frère. Le frère de Suzanne. Ta femme.

scène 8

SUZANNE *(en noir).* Et il y a eu tous ces gens. J'ai marché à leur tête vers le cimetière, je les ai embrassés un par un après le coup d'œil dans le trou. J'avais envie de gifler les premiers, ils osaient me distraire de mon mal, ils m'obligeaient à leur donner de la douleur en spectacle, à prendre note de la leur, plus ou moins grande, plus ou moins exprimée, plus ou moins feinte. J'ai béni les suivants parce qu'ils me distrayaient de cette douleur qui, si je m'y étais abandonnée, m'aurait poussée à sauter dans le trou pour te rejoindre, à m'allonger sur la boîte, à demander à tout le monde de déguerpir et aux fossoyeurs de jeter la terre sur nous, cela ne se fait pas. J'ai donc embrassé des joues, donné des larmes, des sourires complices, de solennelles accolades et distribué les petites tapes amicales sur les épaules et omoplates. La fin du défilé m'a surprise. J'avais le rythme, je devenais super efficace. Non ma fille, tu ne t'en tireras pas à si bon compte, rentre chez toi, accueille-les tous, donne-leur à manger et à boire, que la fête commence.

Chez Suzanne.

JEAN. Le mieux c'est de se coucher. On rangera demain.

SUZANNE. T'es déjà changé, toi.

JEAN. Non.

SUZANNE. T'as fait tout l'enterrement en Jean ?

JEAN. Oui.

SUZANNE. Tu t'emmerdes pas.

JEAN. Non.

SUZANNE. T'as raison.
Je vais quand même faire un peu de vaisselle. Si je trouve ce foutoir demain matin, je vais passer une mauvaise journée. S'emmerde pas, lui.

JEAN. Puisque je suis né à l'époque qui est la mienne, puisqu'autour de moi ça tombe comme les mouches, que je n'ai pas le temps d'oublier un cercueil avant que trou se creuse pour accueillir le suivant, d'oublier une urne avant que cendres en remplissent une autre, je ne m'habillerai plus pour l'occasion qui n'a plus rien d'occasionnel, non je ne rendrai pas l'hommage vestimentaire à la fréquence anormale de ces disparitions. Je vais plus souvent au cimetière qu'au cinéma.
(Chez Jean.)
Quelle heure il est ?

NICOLAS. Pas la moindre idée.

JEAN. Il faut que je passe à l'hôpital.

NICOLAS. Inutile, Rachid est mort. Je ne voulais pas te le dire tout de suite je ne sais pas pourquoi. Enfin voilà il est mort pendant la nuit. Vincent a appelé.

JEAN. Bendache Rachid, 1970-1994, étudiant en architecture, à la fin il passait ses journées à dessiner des maisons. Tant qu'il a pu tirer des lignes. Puis plus. Encéphalite.

scène 9

JEAN. De nous tous, Paul était le plus fragile. Bien avant les maladies. Un emmerdeur qui s'affirme en attaquant là où il pense que ça va faire des vagues. Il parvenait rarement à son but, il se faisait renverser par le ressac. Mais ça ne l'empêchait pas de revenir à la charge.

Chez Suzanne.

PAUL. Alors Jeannot, quand est-ce que tu me ramènes un beau-frère ?

JEAN. Tu seras prévenu en temps et en heure.

PAUL. Hein, Suzanne, c'est vrai, quand ? On attend.

SUZANNE. Ça va mal se terminer.

PAUL. Non non j'ai envie que la famille s'agrandisse. Les enfants sont partis, Suzanne et moi bientôt deux vieux croûtons desséchés, il nous faudrait un peu de sang neuf.

JEAN. Alors la prochaine fois que je viens.

PAUL. T'es sérieux ?

JEAN. Oui.

PAUL. Attention, j'ai dit un beau-frère, ne me ramène pas un petit branleur déniché la veille au soir.

JEAN. Un beau-frère. J'ai bien compris.

PAUL. Tu déconnes.

JEAN. La prochaine fois.

PAUL. Comment il s'appelle ?

JEAN. Nicolas.

PAUL. Vous vous connaissez depuis longtemps ?

JEAN. Sept ans.

PAUL. Sept ans ! Et vous vivez ensemble ?

JEAN. Oui.

PAUL. Ah bon... Depuis longtemps ?

JEAN. Presque sept ans.

PAUL. Tu le savais, toi ?

SUZANNE. Oui.

PAUL. Pourquoi tu ne me l'as pas dit ? Pourquoi on ne me l'a pas dit ? On ne me dit jamais rien dans cette maison.

SUZANNE. Maintenant tu le sais.

JEAN. Tu ne m'as jamais rien demandé.

PAUL. Ah non, je ne pose pas de questions, et quoi encore.

JEAN. Sauf aujourd'hui.

PAUL. Voilà, sauf aujourd'hui. Mais tu reviens quand ?

JEAN. Je ne sais pas. Dans un mois. On a des vacances pour la Toussaint.

PAUL. On ? Il est instit', lui aussi ?

JEAN. Non, prof.

PAUL. Un mois.

JEAN. C'est trop court ?

PAUL. Non non. Comment il s'appelle ?

SUZANNE. Nicolas, tu l'as déjà demandé.

PAUL. Non.

SUZANNE. Mais si, puisque je te le dis.

PAUL. Bon. Dans un mois.

JEAN. Paul voulait avoir du mordant, se donner un air moderne, il luttait contre ce côté un peu rigide, disons "vieille France" qu'il avait hérité de ses parents. Il n'avait pas le sens du ridicule. C'est ce qui le rendait à la fois navrant et sympathique.

——— scène 10 ———

Chacun chez soi.

SUZANNE. Voilà.

JEAN. Quoi voilà ?

SUZANNE. Rien. Voilà. Il ne se passe plus rien. Tout est réglé, plus personne n'appelle pour les condoléances, les enfants sont retournés à Lyon, la dalle est posée, Paul pourrit dans sa tombe, je vais planter une bruyère dans la jardinière prévue à cet effet, je vais remplir les vases de fleurs que j'aurai coupées dans le jardin. C'est parti mon kiki.

JEAN. Suzanne, il faut que je m'absente quelques jours.

SUZANNE. Tu vas au Père-Lachaise ?

JEAN. Oui.

SUZANNE. Juste pour porter des fleurs à Nicolas ou… ?

JEAN. Je n'irais pas juste pour Nicolas en ce moment.

SUZANNE. Je ne sais pas, moi.

JEAN. Enfin, Suzanne.

SUZANNE. Tu pars quand ?

JEAN. Demain.

SUZANNE. Et tu redescends quand ?

JEAN. Jeudi.

SUZANNE. Bon.

JEAN. C'est trop ?

SUZANNE. Non non.

JEAN. Tu es sûre ?

SUZANNE. Oui oui.

ACTE II

scène 1

JEAN. On perd quelqu'un, on perd le monde qu'il déplace avec lui, et l'homme qu'on est dans ce monde qui meurt meurt avec lui, l'homme qu'on y a été meurt, on le sent partir de soi à chaque fois. On n'a pas appris à regarder les autres mourir, à partir avec eux, à leur survivre tant bien que mal, on n'apprend jamais, on ne s'habitue jamais au dernier souffle, à la vie s'échappant dans un siphon et puis plus rien, hop, terminé, plus de jus, adjugé vendu, celui que vous avez veillé nuit et jour, que vous avez continué à reconnaître jusqu'au bout malgré les changements, la chair fondue, les yeux fous les yeux fatigués les yeux mi-clos les yeux gonflés les yeux clos, les gémissements, les tubes qui rentrent, ceux qui sortent, les liquides qui rentrent par les tubes, ceux qui en sortent, la gamme des couleurs inconnues, peau grise, peau verte, peau de carton, celui-là n'est plus, ni malade ni bien portant ni grand ni jeune ni souriant ni soupe au lait ni concentré sur l'aquarelle qu'il peint ni endormi sur un canapé, il vient de mourir, il s'est pulvérisé, dispersé en riens aujourd'hui et dès demain ce sera hier et après ce sera le début du pire, il y aura ce plus rien pour toujours avec obligation de réconfort dans les souvenirs et albums de photographies et réunions de vieux amis. Le vide sait tout manger, au bout le vide, par tous les bouts…

scène 2

JEAN. 1980. L'hécatombe commence en Californie et à New York.

DOCTEUR 1. La pneumocystose est une forme de pneumonie due à un parasite, le *Pneumocystis carinii*. Elle s'annonce par une fièvre persistante supérieure à trente-huit degrés Celsius, une toux sèche et un essoufflement.

JEAN. 1981. Premiers cas en France. 1982. On lit tout ce qu'on peut dans la presse, c'est-à-dire pas grand-chose. Ils parlent de mystérieux cancer chez les homosexuels américains, de Gay Syndrome. L'été voit naître le sigle AIDS, les Français traduisent. Sida.

DOCTEUR 1. La toxoplasmose est due à un autre parasite. Cette infection touche 80 % de la population adulte en France. Elle est bénigne, sauf chez le fœtus et les personnes immunodéprimées. La toxoplasmose se traduit chez les personnes immunodéprimées par des abcès cérébraux. Elle peut également endommager le myocarde ou les poumons.

JEAN. William ouvre la brèche. Mon vieux copain William Robertson. Américain vivant à Paris depuis plus de quinze ans. Il nous apprend qu'il est malade en septembre 82 et meurt trois mois plus tard. Pneumocystose doublée d'un Kaposi agressif. Suivi de près en 83 par Igor, Brad à Los Angeles, et Philippe Pezot, rencontré sur les bancs de la fac, 1 mètre 88, dans les 80 kilos, Philippe a voulu croire qu'il suffisait de suer beaucoup, de travailler son corps du matin au soir pour fatiguer le termite. C'était encore le début, il a des excuses.

DOCTEUR 2. Le sarcome de Kaposi est un cancer qui, dans sa forme limitée, se développe à la surface de la peau en de petites (disons plus ou moins grandes) taches violettes à noires. Dans une forme plus grave, il atteint les muqueuses et certains organes internes.

JEAN. Quelques jours après l'enterrement de Philippe, Montagnier annonce qu'il a découvert le virus. Je suis sûr d'avoir mon ticket. Il faut surveiller les fièvres, diarrhées, sueurs nocturnes, le gonflement anormal des ganglions. Sinon, aucun moyen de savoir, il n'y a pas encore de test. Je me tâte, je prends ma température. J'ai constamment l'impression que mes ganglions sont plus gros que la veille, je coupe le chauffage pour voir si je transpire la nuit. Nicolas se moque de moi. Ça ne l'inquiétait pas, Nicolas, le sida, pas encore.

DOCTEUR 2. Le cytomégalovirus ou CMV est un herpès-virus très répandu. Chez la personne immunodéprimée, il provoque une infection qui se localise dans la majorité des cas…

DOCTEUR 1. Notamment chez Nicolas...

DOCTEUR 2. ... sur la rétine, ce qui ne l'empêche pas de toucher parfois les poumons, le foie, le système nerveux central, le système nerveux périphérique ou le système digestif.

JEAN. Je rencontre Nicolas en janvier 83, un mois après m'être rendu pour la première fois au Père-Lachaise, pour William. Dans son entourage, personne n'a encore été touché. Igor meurt, je reçois le faire-part pour Brad, Philippe tousse et maigrit à vue d'œil, Nicolas redescend sur terre. 1984 : on enterre Michel, Sam, Akira le Japonais, Aki le Finlandais, mais aussi Etienne et Wilson, deux amis de Nicolas. 1985 : Pascal, Salah, Louis, Knud, Nicole, première femme sur ma liste, François...

NICOLAS. ... Lasse, Constantin, Augustin, Antoine et Jean-Christophe. Onze. Avec Jean-Christophe, ça fait onze. A ce rythme-là, l'an prochain c'est vingt. Dis quelque chose.

JEAN. Je ne trouve rien à dire. Tous ces morts, c'est déjà plus que je ne pourrai jamais avaler. Le test Elisa est commercialisé. Je décide de le passer, dès que possible. Et ça tombe. Séropositif, tu l'as, ton compte est bon, regarde dans ton dos, il y a la barrière, tu l'as sautée toi aussi, sans t'en apercevoir, tu n'auras jamais cinquante ans, pourquoi moi, je cède aux questions sans réponse, une boule de neige qui grossit, grossit. Ça m'occupe pendant plusieurs mois... En 85 le journal télévisé nous dit que neuf porteurs sains sur dix ne développeront jamais la maladie.

L'HOMME. Les pédés tombent comme des mouches. Ils l'ont bien cherché, baiser à s'en décerveler, non mais quoi. Moi c'est bien simple, j'ai un collègue qui en est, eh bien on me payera cher avant que je boive dans un verre qu'il a touché. C'est vrai, on ne sait rien, si ça se trouve on peut le choper connement, par une piqûre de moustique, en se baignant dans une piscine... Par la sueur, en serrant la main d'un mec qui l'a, ou par sa salive, s'il nous postillonne dessus... Chez le dentiste ou le coiffeur, ou l'acupuncteur, en passant après quelqu'un qui l'a, on ne sait jamais s'ils ont bien désinfecté leur matériel, on n'y est pas, hein. Et comme les journaux racontent n'importe quoi... Un jour c'est vert un jour c'est bleu un jour c'est oui un jour c'est non un jour c'est mon cul su'l'balcon... Accrochons-nous aux rideaux, le virus du sida se propage déjà parmi les gens normaux mais ce n'est pas encore le moment d'en parler.

JEAN. 85 encore. Je ne descends pas très souvent voir Suzanne et Paul. Ma dépression m'occupe à plein temps. Nicolas ne veut pas passer le test. "A quoi bon", dit-il.

NICOLAS. A quoi bon.

DOCTEUR 2. La candidose est une mycose. Localisée dans la bouche, elle porte aussi le nom bucolique de muguet. La candidose œsophagienne se manifeste par des douleurs à la déglutition. Elle entraîne une diminution de l'apport alimentaire donc une perte de poids.

JEAN. 1986 : ça va un peu mieux. J'ai des hauts et des bas. Je sors du trou en prenant conscience d'une chose : je ne regrette rien. J'ai vécu à fond, j'ai pris mon pied comme un fou. Je me revois en train de rire tout seul dans un avion entre New York et San Francisco : je ne me lassais pas de penser à la chance que j'avais d'avoir trente ans en 75. Par contre, je redeviens chiant dès qu'on approche des résultats de mon examen sanguin, je ne supporte plus rien ni personne. Nicolas dit :

NICOLAS. Ah, le pou est de retour.

JEAN. Il est très patient. En 86, mes statistiques macabres retombent. Huit décès. Je me dis que peut-être le pire est passé et que de toute façon, il ne m'en reste pas pour longtemps. Bien sûr je me trompe. Sur tous les tableaux.

DOCTEUR 2. Chez les personnes très immunodéprimées, le virus du sida peut directement provoquer une encéphalite. Celle-ci se manifeste par des troubles intellectuels, des troubles du comportement, de la motricité... Des paralysies par exemple... L'impossibilité de parler...

JEAN. De saison en saison nous regardons mourir les autres. La moitié de mon carnet d'adresses y passe oh qu'est-ce que je dis la moitié, plus de la moitié, de tous les gars que j'ai rencontrés entre 65 et 80, il ne reste plus que, oh, ça se compte sur les doigts d'une main. Rendez-vous au crématorium du Père-Lachaise. Les amis, les têtes connues, les uns tentant de réconforter les autres, certains moins valides d'une cérémonie à l'autre, quelques nouveaux, et au centre du drame, la famille, changeant à chaque fois, plus ou moins agacée par le nuage de pédés, beaucoup d'indifférents à ce qui dépasse leur malheur personnel, quelques solidaires. Après chaque cérémonie, je me penche (et je me penche encore, le diable seul sait quand tout cela s'arrêtera, il y a deux mois on a enterré Hubert, encore un vieux copain, contaminé en 92 par flemme de continuer à se protéger, échec thérapeutique, résistance ou intolérance à tout ce qui existe ou plutôt à tout ce qui est actuellement mis sur le marché...) je me penche après chaque cérémonie sur mon carnet, y cherche (et y cherche encore et toujours) le nom du quidam fraîchement disparu, y appose son année de naissance et l'année de son décès avant de rayer le tout au crayon à papier.

DOCTEUR 2. La cryptosporidiose provoque des diarrhées aiguës. Aucun médicament n'a encore prouvé son efficacité pour lutter contre. On hospitalise la personne touchée et on traite les symptômes.

JEAN. Parfois j'obtiens une page pleine de cases rayées, une page totale, remplie de ratures, j'ai fini la page, comme au temps des cahiers à remplir par les mouflets avec les photos des footballeurs, les échanges d'images dans la cour de récréation, tu me passes un Platini et je te file un Machintruc, eh Bruno regarde, j'ai fini une page eh m'sieur Cotelle j'ai fini une page. Encore mieux : les deux pages en vis-à-vis. Un must.

DOCTEUR 3. La tuberculose et les infections à mycobactéries atypiques, bien que provoquées par des causes très différentes, ont des effets comparables. Il peut arriver qu'on les confonde. Hélas, le traitement de l'une s'avère totalement inefficace pour lutter contre les autres.

JEAN. Et qu'est-ce qui nous aura, nous, qu'est-ce qui va nous abattre, la pneumocystose, le sarcome de Kaposi, la toxoplasmose cérébrale, la leuco-encéphalite, le lymphome non hodgkinien, la cryptococcose généralisée, la cryptosporidiose intestinale, la méningite, la cachexie, la septicémie, la candidose œsophagienne, le cytomégalovirus, une cause indéterminée ? 1988, 1989,

1990 : mon taux de lymphocytes T4 baisse lentement. Je décide de présenter Nicolas à Suzanne. J'espère que Paul se comportera correctement. Et ça ne se passe pas mal. On descend assez régulièrement chez eux en 90-91-92. En 91, mon taux de T4 est tombé sous les deux cents. Je commence l'AZT. J'ai un mal fou à m'y habituer. Je vomis, j'ai mal au ventre. Suzanne s'en inquiète, me pose des questions. Paul fait comme s'il ne voyait rien quand j'avale mes cachets. Nicolas s'obstine à ne pas passer le test. On a beau lui expliquer qu'il vaut mieux ne pas attendre d'être malade pour commencer le traitement, il ne veut rien entendre. Il ne veut pas savoir.

NICOLAS. A quoi bon.

JEAN. On espère qu'il est passé au travers, mais non. En 1992 le cytomégalovirus lui bouffe les rétines et c'est parti, il ne remontera jamais la pente. Il décide d'entrer à Act Up.

NICOLAS. Silence = Mort.

JEAN. Moi j'intègre l'association Aides. J'ai envie de soutenir les malades, de m'assurer que les médecins les informent correctement. Peut-être pour être sûr de savoir soutenir Nicolas.

NICOLAS. Nouveaux amis.

JEAN. Mon carnet se remplit.

NICOLAS. Nouveaux morts.

JEAN. Je raye. En 94, je passe au DDC. Je m'en accommode pas mal, à part quelques aphtes. Ce dont je ne m'accommode pas, c'est le nom du médicament. Hivid®.

NICOLAS. Après le Rétrovir® et le Videx®, voici l'Hivid®.

JEAN. Je colle du sparadrap sur la boîte et le flacon. Et vraiment, ce n'est pas par honte. Ça me fout la nausée de lire "Hivid®" à chaque prise.

DOCTEUR 2. Effets indésirables des inhibiteurs nucléosidiques de la transcriptase inverse du VIH que sont l'AZT, la DDI, le DDC, le 3TC, le D4T et l'abacavir :

DOCTEUR 3. Douleurs musculaires, nausées, vomissements, douleurs abdominales, fourmillements, douleurs dans les extrémités (les mains et les pieds), aphtes... Des réactions d'hypersensibilité ont été constatées chez les utilisateurs d'abacavir.

JEAN. Depuis 93, le taux de T4 de Nicolas est au plus bas et il y reste. 27 janvier 1995, c'est fini. Nicolas. Père-Lachaise. Eté 95, j'ai cinquante ans. Eté 96, je quitte Paris, je m'installe au bord de la Sorgue. J'ai obtenu ma mutation. J'ai un nouveau médecin. Les antiprotéases tant attendus arrivent sur le marché. J'abandonne l'Hivid® pour une trithérapie 3TC + D4T + indinavir. On s'intéresse à un nouvel indicateur : la charge virale. La mienne devient rapidement indétectable. J'avais beaucoup maigri et je reprends du poids. Pour la première fois. On se dit que quelque chose a basculé avec les polythérapies. On se dit qu'il faut se réhabituer à l'idée de vivre.

DOCTEUR 2. Effets indésirables des inhibiteurs non nucléosidiques de la transcriptase inverse que sont la névirapine, la délavirdine et l'efavirenz :

DOCTEUR 3. Eruptions cutanées, différents symptômes affectant le système nerveux tels que vertiges, somnolence, insomnie, perturbation des rêves, parfois agressivité, dépression...

JEAN. Moi qui ne suis absolument pas mystique, qui ne crois pas que quiconque m'attende après, qui ne compte sur aucune retrouvaille dans l'au-delà, qui au contraire vois tout le monde, là, maintenant, autour de moi, je me résous à rester un peu plus longtemps. Une chose est sûre : je prends tous mes médicaments, je n'oublie aucune prise. Aujourd'hui je n'ai plus de corps : mes cuisses et mes fesses ont fondu, mon ventre s'est arrondi. Il paraît que je ne suis pas le seul à être déformé par le traitement. J'ai déjà changé deux fois une des composantes de ma trithérapie. A cause des résistances.

DOCTEUR 2. Effets indésirables des inhibiteurs de protéase que sont le ritonavir, le saquinavir, l'indinavir, le nelfinavir et l'amprénavir :

DOCTEUR 3. Douleurs musculaires, fourmillements, troubles digestifs, troubles de la répartition de la masse graisseuse corporelle, calculs rénaux, jaunisse.

JEAN. Il y a la phrase qui commence par pourquoi, qui est une question parce qu'elle commence par pourquoi mais qui au fond n'est pas une question. Pourquoi être encore là quand tout le monde est resté en rade. Au mieux c'est une question sans réponse. Moi je ne le sens pas comme ça. Je réponds : par hasard, mon corps sait se servir des médicaments, et par chance, dès que je recommençais à aller mal, un nouveau produit arrivait sur le marché et je repartais comme en quarante.

DOCTEUR 3. La DDI doit être prise en dehors des repas, de même que l'indinavir. Toutefois, l'indinavir peut être pris pendant le repas si on l'associe à une certaine quantité de ritonavir. C'est plus pratique.

JEAN. Mieux vaut gagner au loto. Acheter un billet et par hasard avoir le bon. Qu'être l'arbre qui cache la forêt fantôme.

DOCTEUR 3. Une nouvelle famille d'antirétroviraux pointe son nez dans les laboratoires : les inhibiteurs de fusion. Un nouvel espoir pour nos patients en échappement thérapeutique.

NICOLAS. Des patients patients et des labos pas pressés.

——— scène 3 ———

Chez Jean.

SUZANNE. Oh toi, sale tête aujourd'hui.

JEAN. Je vais m'absenter quelques jours.

SUZANNE. Père-Lachaise ?

JEAN. Non pas cette fois-ci. Cimetière de Toulouse.

SUZANNE. Je croyais qu'on ne mourait plus du sida qu'au tiers-monde.

JEAN. Tu te trompais.

SUZANNE. Pourquoi je dis ça.

JEAN. Pour dire quelque chose.

SUZANNE. Pour dire quelque chose.

scène 4

NICOLAS. La cause initiale du décès est l'affection à l'origine du processus létal. La cause immédiate du décès est l'affection terminale entraînée par l'affection initiale. Les causes associées sont les autres affections ayant contribué au décès.

Jean ouvre son carnet et lit.

JEAN. Aéliot Etienne, 1959-1984.
Andersen Knud, 1942-1985.
Agbossian Yves, 1954-1987.
Azoulay Bernadette, 1951-1992.
Ashraf Salah, 1960-1985.
Aissi Ali, 1977-1996.
Bigourdin Louis, 1938-1985.
Becker Francis, 1958-1989.
Boksenbaum Rodolphe, 1955-1989.
Brochot Nicole, 1953-1985.
Bendache Rachid, 1970-1994.
Benvenista Virginie, 1965-1988.
Chardonnet Victor, 1940-1988.
Cariou Hugues, 1961-1986.
Cristoforou Nikkos, 1954-1987.
Constantini Sylvie, 1957-1994.
Dekeyne Marc, 1948-1993.
Devassorelada Pierre, 1958-1993.
Da Silva Antonio, 1966-1995.
Del Monaco Frédéric, 1969-1987.
De Giraud de Montreuil Aline, 1964-1992.
Ea Kem Tri, 1960-1990.
Fouda Karim, 1965-1994.
Fabrizio Antoine, 1946-1985.
Feuillade Lætitia, 1971-1991.
Feuillade Stéphane, 1965-1993.
Feuillade Thierry, 1964-1995.
Giannakopoulos Jean-Chistophe, 1947-1985.
Gaffré Jean-Christian, 1951-1998, ostéoporose précoce due aux médicaments. Jean-Christian n'a pas voulu de deux hanches en plastique. C'est un suicide mais je le compte quand même.

Guilbraut Marc, 1952-1986.
Gilberto Sonny, 1960-1988.
Hosada Akira, 1960-1984.
Hartley Greggory, 1950-2000.
Habouzit Vincent, 1959-1997.
Hequebelle Bruno, 1963-1990.
Ibinga Myriam, 1969-1996.
Ibarzabal Augustin, 1939-1985.
Joubert Thierry, 1959-1991.
Jung Roland, 1955-1990.
Koenig Paul, 1945-1988.
Keita Lucien, 1950-1986.
Lonquet Michel, 1951-1984.
Linares Xavier, 1947-1993.
Lagos Pascal, 1953-1985.
Laurent Stanislas, 1964-1987.
Le Boëdec Sylvie, 1956-1989.
Lechevestrier Luc, 1955-1986.
Lewkowicz Dover, 1967-1990.
Monchauzol Hubert, 1947-2002.
Medjoubi Abdallah, 1946-1988.
Mc Coy Brad, 1952-1983.
Mills Wilson, 1943-1984.
Nasser Hicham, 1959-1992.
Ortega Michel, 1947-1986.
Olsson Lasse, 1944-1985.
Oppiot Claude, 1963-1986.
Pezot Philippe, 1944-1983.
Pirovani Jean-Louis, 1950-1986.
Penttila Aki, 1949-1984.
Perrillat Laurent, 1967-1995.
Pozzo Lola, 1969-1996.
Ramangasoavina Didier, 1953-1987.
Rypka François, 1949-1985.
Robertson William, 1951-1982.
Rateau Violaine, 1962-1994.
Rheims Antoine, 1958-1993.
Roudil Stéphane, 1964-1988.
Spinazzo Henri, 1949-1986.

Saada Jean-Guy, 1960-1997.
Saint-Léger Constantin, 1956-1985.
Short Sebastian, 1965-1989.
Schertz Thomas, 1970-1988.
Tovolanski Simon, 1945-1987.
Teissèdre Monique, 1942-1990.
Ulveling Nicolas, 1958-1995, personne à prévenir en cas d'urgence. J'avais écrit ça à côté de son nom, personne à prévenir en cas d'urgence, s'il m'arrivait quelque chose, je m'étais dit, on fouillerait mon cartable, on trouverait ce carnet et si on le feuilletait, enfin…
Vandendriessche Patrice, 1962-1989.
Vladov Igor, 1931-1983.
Vannier Quentin, 1951-1987.
Weatherall Sam, 1964-1984.
Yagmourian Benoît, 1948-1999.

ACTE III

scène 1

Chez Jean.

JEAN. Je ne t'ai jamais vu.

NICOLAS. Moi si.

JEAN. Comment tu t'appelles ?

NICOLAS. Franck. Et toi ?

JEAN. Pierre.

NICOLAS. On va chez moi ? C'est à côté.

JEAN. D'accord.

NICOLAS. Par là.

JEAN. Deux heures plus tard : Jean.

NICOLAS. Et moi Nicolas.

JEAN. Et voilà. J'avais enterré mon vieux copain William un mois plus tôt, je ne m'attendais pas à vivre avec Nicolas pendant les douze ans qu'il lui restait, pas à ce moment-là. Je n'ai jamais été conscient d'avoir peur, je n'ai jamais ressenti le besoin de me ranger, je n'ai jamais pensé "case-toi, ça réduira les risques", à l'époque j'étais persuadé que j'y passerais, comme tout le monde, tout le monde allait y passer, moi avec, alors tomber amoureux, construire... J'ai aimé les années soixante-dix, l'effet pionnier qui courait parmi nous, je ne m'y vois plus bien, j'y étais mais probablement très spectateur, si bien que dans mon souvenir la vie est belle, riche, passionnante mais je ne m'y vois pas. Juste dans l'avion. En train de rire. Je ne sais plus qui j'ai été entre vingt et quarante ans. Je ne me vois plus nulle part. Ni enfant d'ailleurs, ni adolescent, ni jeune ni rien. Celui qui est mort quatre-vingts fois s'est absenté de ma mémoire, en quatre-vingts morceaux. J'ai peine à me rappeler notre vie à deux. C'est trop faible, trop incomplet, approximatif, les sensations manquent, les images ne suffisent pas. C'est douloureux. Je me souviens plus facilement de Nicolas devant témoins.

scène 2

JEAN. Tu es prêt ?

NICOLAS. Oui.

Chez Suzanne.

PAUL. J'ai failli arriver en retard, le boss ne me lâchait plus, il voulait que je répare ce soir une bécane qui venait de planter, heureusement qu'il me manquait des informations sur la maintenance et que le fournisseur avait déjà fermé boutique, je crois que j'y serais encore.

JEAN. Bon, je vous présente Nicolas.

PAUL. Où sont les enfants ?

NICOLAS. Bonsoir.

SUZANNE. Repartis à Lyon. Les examens à préparer. Bienvenue.

JEAN. Nicolas Suzanne, ma sœur…

NICOLAS. Bonsoir.

JEAN. Mon beau-frère. Paul.

PAUL. Je suis complètement crevé bonsoir qu'est-ce qu'on mange de bon ?

SUZANNE. Tu verras bien asseyez-vous les garçons vous voulez boire quelque chose ?

JEAN. Paul fait semblant d'être détendu.

NICOLAS. Avec plaisir.

PAUL. Toi, Jean ?

JEAN. Oui, aussi.

SUZANNE. Qu'est-ce que j'ai à vous proposer, whisky, vin cuit, vin de noix… Pastis…

NICOLAS. Un whisky pour moi.

PAUL. Jean ?

JEAN. Whisky aussi.

PAUL. Alors moi aussi. Les hommes au whisky.

JEAN. Il va se débrouiller pour ne pas adresser la parole à Nicolas tout en ayant l'air présent.

Plus tard.

NICOLAS. C'était très bon.

SUZANNE. Merci Nicolas. Au moins un qui s'intéresse.

PAUL. Alors Jean, ce voyage à Prague ?

SUZANNE. Et vous faites quoi dans la vie, Nicolas ?

JEAN. Oh tu sais, il faisait trop chaud pour qu'on apprécie.

NICOLAS. Je suis professeur d'économie dans un lycée.

JEAN. Il nous observe.

SUZANNE. Ah bon ? Vous les préparez au bac ?

JEAN. Il essaye de sentir ce qu'il y a entre nous.

NICOLAS. J'essaye.

JEAN. Suzanne se concentre uniquement sur Nicolas.

SUZANNE. Ça ne doit pas être rigolo tous les jours.

JEAN. Elle veut savoir à qui elle à affaire.

NICOLAS. Ça va. J'aime ça.

SUZANNE. C'est le genre de métier qu'on ne peut pas faire si on n'aime pas.

NICOLAS. Détrompez-vous.

PAUL. Je fais du café ?

NICOLAS. Les écoles sont pleines de profs qui détestent ce qu'ils font.

JEAN. Nicolas tu voudras un café ?

NICOLAS. Oui.

SUZANNE. Merci Paul.

JEAN *(à Nicolas)*. Et ainsi de suite… A-t-on vraiment besoin de jouer à la famille ? A-t-on véritablement le désir de se conformer à cette histoire… Cette comédie…

scène 3

Chez Suzanne.

SUZANNE. Qu'est-ce que je dois dire aux enfants ?

JEAN. A propos de quoi ?

SUZANNE. Toi. Nicolas.

JEAN. Je ne sais pas, moi, ce sont tes enfants, tu leur dis ce que tu veux.

SUZANNE. Tu pourrais y mettre du tien, Jean.

JEAN. Je n'ai jamais eu envie d'élever un enfant. J'ai transmis ce que j'ai pu à mes élèves et c'est très bien comme ça.

scène 4

Chez Jean.

NICOLAS. Jean. L'ophtalmo m'a demandé de passer le test. C'est fait.

JEAN. Eh ben c'est pas trop tôt. Comment a-t-il réussi à te décider celui-là ?

NICOLAS. Je suis plombé.

JEAN. Oh... Je...

NICOLAS. Non seulement plombé mais malade.

JEAN. C'est pas vrai...

NICOLAS. Tu sais ce voile dont je te parlais, c'est une rétinite à CMV. Je rentre à l'hôpital demain matin.

JEAN. Merde. Je viens avec toi. J'appelle l'école. Je me fais remplacer. Tu as prévenu ton lycée ?

NICOLAS. Oui.

JEAN. On est idiot quand on a peur. Chacun à sa manière. Moi quand je perds pied, j'ai tout de suite besoin de faire des plans. J'organise. J'installe un cadre. Et pendant ce temps-là je surnage. Nicolas était planté au milieu du salon et moi je courais dans tous les sens.
Bonsoir. Jean Cotelle désolé de vous déranger si tard.
...
Je ne pourrai pas faire classe demain.
...
Un problème familial.
...
Je vous expliquerai plus tard.
...
Juste demain je pense.
...
Je vous remercie bonne fin de soirée.
Excusez-moi de vous avoir dérangé.
...
Oui bonsoir.
Voilà c'est fait.

NICOLAS. Bien.

JEAN. Si j'avais pu ne pas attendre que Nicolas fonde en larmes pour le prendre dans mes bras... Si j'avais pu être élevé dans une autre famille, une famille où on se touche, où on a un corps sous la cervelle, une famille où on n'aurait pas appris à éviter le corps de l'autre avant même de savoir marcher, ne pas attendre que Nicolas fonde en larmes...

NICOLAS. Je suis plombé.

JEAN. Oh... Je...

NICOLAS. Non seulement plombé mais malade.

JEAN. Là, aller vers lui...

scène 5

Chez Suzanne.

SUZANNE. Où est Paul ?

JEAN. Il est retourné dans le jardin.

SUZANNE. Tout à l'heure il était debout devant le rosier, sécateur en main, il regardait les fleurs en se demandant ce qu'il était venu faire là. Tu te rends compte ?

JEAN. Qu'est-ce que tu lui as dit ?

SUZANNE. Rien. Quelque chose dans le genre "Alors, ces roses, ça vient ?", que veux-tu que je dise.

JEAN. Et ça l'a fait redémarrer ?

SUZANNE. Comme si j'avais lâché la pédale d'embrayage. Paul n'embraye plus.

JEAN. Nicolas est malade.

SUZANNE. C'est grave ?

JEAN. Il peut perdre la vue.
Ma sœur comme moi, chacun dans sa tour d'ivoire, la nuit est noire et le vent souffle sur la forteresse, je la distingue, ma sœur, qui monte la garde dans la tour sud, moi à l'ouest, elle m'entend à peine quand je lui parle, mes grands signes, des gesticulations

d'amibe. Chacun son rayon d'action, chacun son territoire sur lequel exercer son pouvoir, chacun son enfer, pas d'ingérence.

SUZANNE. C'est la loi des séries ou quoi. Merde.

JEAN. D'une certaine manière, j'avais été préparé. Je connaissais les hôpitaux, les symptômes annonciateurs de galère. Les maladies auxquelles Nicolas a été confronté, je les connaissais toutes, d'autres les avaient eues avant lui. Et pourtant la panique... Je n'y pouvais rien, ça me coupait le souffle, plus Nicolas s'affaiblissait, plus je m'affaiblissais avec lui. Il me fallait fournir un effort surhumain pour ne pas m'effondrer à côté de son lit. Je lui tenais la main en transpirant à grosses gouttes. J'avais tellement peur.

scène 6

Chez Suzanne (Jean chez lui, dans son fauteuil).

PAUL. Alors ça fait quoi d'être aveugle ?

NICOLAS. C'est vachement marrant. On voit du noir tout le temps. Et de griller ses neurones ?

PAUL. C'est désopilant...

JEAN. Difficile de savoir si c'est la colère...

PAUL. ... Désopilant. J'ai toujours adoré ce mot-là...

JEAN. ... la tristesse...

PAUL. ... Désopilant...

JEAN. ... ou la dégénérescence cellulaire...

PAUL. ... Un gag désopilant...

JEAN. ... qui rendait Paul cruel.

PAUL. ... Je crois qu'il n'y a pas plus con que l'expression "gag désopilant", non ? Tu ne trouves pas ?

NICOLAS. Tu sais Paul je suis aveugle je ne suis pas sourd j'ai bien compris. C'est désopilant de griller ses neurones.

PAUL. Oui voilà. M'énerve pas s'il te plaît.

SUZANNE. Paul.

PAUL. Quoi qu'est-ce que j'ai dit. Si on m'emmerde je vais dans le jardin.

SUZANNE. Paul.

PAUL. Je vois bien que tout le monde se fout de ma gueule ici…

JEAN. Tais-toi.

PAUL. … Je vous rappelle que je suis chez moi et que je ne suis pas chez moi pour laisser mon entourage rigoler sur mon dos…

JEAN. J'aurais dû lui dire.

PAUL. … ça ne va pas se passer comme ça, si vous envisagiez d'élire cette maison comme l'endroit où on retrouve les copains pour rigoler un bon coup sur le dos de ce sacré Popaul, vous vous êtes mis le doigt dans l'œil…

JEAN. Tais-toi.

PAUL. … Et puis merde je vais dans le jardin…

JEAN. Le faire taire.

PAUL. … Prévenez-moi quand le facteur passe, j'ai des choses importantes à lui signaler à propos de mon courrier.

Paul sort.

SUZANNE. C'est quoi cette histoire de courrier ?

JEAN. Va savoir.

Suzanne sort.

scène 7

Chez Jean.

NICOLAS. Fait chier.

JEAN. Il n'est pas dans son état normal, tu le vois bien.

NICOLAS. C'est toujours à nous de faire des efforts.

JEAN. Il perd la mémoire.

NICOLAS. Moi j'ai perdu mes yeux bordel, il faudrait encore que je ferme ma gueule, que je lui laisse carte blanche à ce connard ? Je dois me laisser faire sous prétexte que monsieur ne va pas bien ? Ça va durer jusqu'à quand ces conneries ? Dans quel état il faudra que je sois pour qu'on me respecte ? Je ne vois plus rien, j'ai vingt T4 qui se battent en duel, je chope tout ce qui passe, à chaque fois que je tousse je me demande si ce n'est pas le début de la pneumocystose… Le docteur me dit "Vos T4 vont remonter" ou "Il faut laisser le temps au temps". Avant d'être complètement aveugle je l'ai surpris une fois en train de faire des signes à sa clique d'internes. Il était debout à côté de moi, il les a regardés et il a tendu le pouce vers le bas, comme ça, à la romaine, l'empereur qui désigne un de ses déchets humains à la mort. Et je suis sûr que je n'ai pas rêvé. Où tu es ?

JEAN. Je suis là…

NICOLAS. Je suis sûr que je n'ai pas rêvé. J'ai failli me lever pour lui coller mon poing dans la gueule. Et finalement je n'ai pas bougé, je n'ai pas moufté. Je me suis dit que de toute façon, ça se retournerait contre moi. Putain de toubib, continue à faire le clown devant ta cour si ça t'amuse mais fais-moi rentrer dans un protocole, trouve un moyen de me soigner avant que je crève. Bon Dieu de merde, si ça continue, je vais faire un malheur. J'ai plus rien à perdre, moi.

scène 8

JEAN. J'ai oublié le grain de sa peau sous mes doigts, il me reste juste une idée de son odeur, comment je l'ai remarquée, comment j'ai su par cette odeur, que c'était lui, comment je suis entré dans cette odeur et comment j'ai pu ensuite constater qu'elle était introuvable sur lui, Nicolas n'avait pas le goût de son odeur, il fallait rester à distance pour sentir, il fallait un filtre, de l'espace, un T-shirt. Je me saoulais de son odeur. Je récupérais sur les chaises les habits qu'il avait mis. Il m'est arrivé de porter ces habits pour aller travailler en sa présence. Après sa mort, j'ai recherché cette odeur dans les armoires dans les pulls, elle s'est peu à peu évanouie. Il n'y a aucun mot pour décrire cette odeur, pour la raviver. Et pourtant certains soirs, j'arrive, dans un demi-sommeil, à le sentir. Plus fort que tout, il me reste le souvenir de l'avoir désiré comme un fou, d'avoir vécu avec ça contre lequel il était impossible d'aller. J'ai oublié ce désir, l'état, comment je me sentais avec cette envie au-dessus de tout, je me rappelle avoir pensé "cette envie est un liquide, ce liquide a remplacé mon sang, il coule partout en moi, envahit tout et d'abord mon cerveau, c'est désormais l'animal qui parle avant les autres, du matin au soir et même la nuit quand je dors"... Sa chaleur contre moi ça, j'ai oublié. Les noms de tous ses animaux. Sauf deux : Doug le chien et Zoé le poisson rouge. J'ai oublié l'adresse exacte de son studio, là où il m'a emmené quand on s'est rencontrés : 23 ou 33 rue Théophile-Gautier ? J'ai oublié tellement de choses. Je n'ai pas oublié sa rage.

Chez Jean.

NICOLAS. Où est ma chaise ?

JEAN. Par ici. Viens.

NICOLAS. Merci.

JEAN. Quand il a été hospitalisé, Nicolas, pour sa candidose œsophagienne, il m'a fait acheter un lecteur laser portable, il a emporté une quarantaine de disques avec lui. A chaque fois que j'entrais dans sa chambre, il avait le casque sur les oreilles. Après quelques jours, j'ai trouvé un gars dans sa chambre. Xavier Linares. Je n'ai pas percuté tout de suite. C'est lui, il m'a souri, là je l'ai reconnu. Je ne l'avais pas vu depuis plus de dix ans. Il était hospitalisé dans le même service, je ne sais plus pourquoi, je me souviens du cathéter dans l'entrebâillement de sa chemise.

NICOLAS. Ecoute ça.

JEAN. Xavier est décédé trois jours plus tard. Il avait demandé à sa mère de donner tous ses disques à Nicolas. Elle est passée les apporter avant de repartir de l'hôpital pour la dernière fois, toutes les affaires de son fils entassées dans un sac de voyage. J'étais là pendant sa visite. Elle était très émue, elle était sidérée par les liens qui unissaient les malades dans le service, par le soutien qu'ils essayaient de s'apporter les uns les autres. C'était mignon de voir cette bonne bourgeoise expliquer à Nicolas qu'elle était fière de lui transmettre les disques de son fils. On voyait qu'elle venait de comprendre quelque chose.

scène 9

Chacun chez soi.

SUZANNE. C'est peut-être pas la peine de dire à Paul que Nicolas est à l'hôpital.

JEAN. Ah bon pourquoi ?

SUZANNE. Je ne sais pas je ne voudrais pas en rajouter.

JEAN. Je ne comprends pas excuse-moi.

SUZANNE. Cette ambiance perpétuelle, je pense que ce n'est pas bon pour Paul.

JEAN. Ma pauvre fille.

SUZANNE. Ecoute c'est comme ça pour l'instant on ne lui dit rien.

JEAN. Comme tu veux.

SUZANNE. Arrête de dire tout le temps "comme tu veux" tu m'agaces à la fin.

JEAN. Et toi tu ne crois pas que tu m'agaces ? Avec tes "je ne sais pas" ? Et tes "c'est comme ça" ? Tu le protèges de quoi, ton Paul ?

SUZANNE. Ne me fatigue pas Jean. Je ne lance pas un débat, je t'informe, nous ne ferons pas tronc commun sur la mort, je souhaite continuer sur notre mode habituel, épaulons-nous quand c'est possible mais de grâce, je suis trop vieille pour les grands chambardements, et toi aussi.

JEAN. Tu es dure.

SUZANNE. Pas toi Jean…

JEAN. Ce n'est pas un concours.

SUZANNE. Que chacun reste soi dans cette histoire.

scène 10

JEAN. Début 95, il avait épuisé toutes ses forces mon pauvre Nicolas et consommé toutes ses chairs il n'en restait plus rien, quelques plis sous le drap. Il ne s'insurgeait même plus. Le soir je quittais l'école en courant, l'hôpital était à dix minutes. Le 27 janvier 95, à dix-sept heures, Nicolas est mort. J'étais là, j'étais arrivé à temps. Sans toi je suis moins patient, moins tolérant, moins joyeux, je sais moins me réjouir. Je suis plus vieux. Je me dis que tu aurais fini par me quitter. Tu approchais des quarante, tu aurais eu ce désir de repartir à zéro. Je serais seul aujourd'hui de toute façon. Il y a un âge où on ne recommence plus, on ne cherche plus, on se lève avec ce qu'on a perdu et ce qu'on a perdu prend toute la place. En tout cas je parle pour moi. Chapeau à ceux qui redémarrent toujours. Moi c'est fini. Je ne rencontre plus personne. Je me balade dans un désert. Je vois passer les autres, oui, parfois de près, mais rien de ce qu'ils déplacent autour d'eux ne s'accroche à moi et mes bruits n'ont pas de sens à leurs oreilles.

NICOLAS. Cause initiale : contamination au VIH, probablement par voie sexuelle. Destruction du système immunitaire par le virus. Cause immédiate : encéphalite. Causes associées : cryptococcose extra-pulmonaire, diverses infections à CMV, candidose œsophagienne.

scène 11

Chez Jean.

SUZANNE. Voilà.

JEAN. Quoi voilà ?

SUZANNE. Rien. Voilà.

JEAN. Je vais partir trois-quatre jours.

SUZANNE. Oh tu sais tu peux partir plus si ça te chante.

JEAN. Non non. Trois-quatre jours. Le temps de porter quelques fleurs pour Nicolas et de voir tout le monde. Je redescends lundi prochain.

SUZANNE. A ta guise. Tu as ramassé les œufs ?

JEAN. Oui. Et j'ai trouvé le nid de la petite poule rousse.

SUZANNE. Ah.

JEAN. Dans les ronces, près de la rivière... Au-delà du cabanon...

SUZANNE. Je vois. Au fait, tu ne m'avais pas dit que ma cane couvait ?

JEAN. Si. Pourquoi ?

SUZANNE. A mon avis elle a laissé tomber. Ça fait trois heures qu'elle se balade dans le jardin. Et hier pareil.

JEAN. Bon.

SUZANNE. Pas de petits canards cette année.

JEAN. Attendons voir. C'est pas perdu.

SUZANNE. Comment as-tu fait pour en avoir douze, toi ?

JEAN. Demande à ma cane.

SUZANNE. C'est ça.

JEAN. La fillette qui m'a lu des histoires pour m'endormir, qui m'a montré comment tenir sur un vélo, la jeune femme qui a partagé sa chambre de bonne avec moi quand je suis arrivé à Paris...

scène 12

Très loin.

SUZANNE. Il s'appelle Paul.

JEAN. Paul. Pourquoi pas. Tu l'as rencontré où ?

SUZANNE. Chez Jacqueline. Tu sais, la fille qui habitait avec Sylvette jusqu'en licence. Elle avait organisé une fête d'anciens de la Sorbonne. Il était là.

JEAN. Il était à la Sorbonne ?

SUZANNE. Non. Il est venu avec Roger Pinda. Il a fait les Mines.

JEAN. Il est ingénieur ?

SUZANNE. Voilà.

JEAN. Bonne pioche ma fille.

SUZANNE. Et toi ?

JEAN. Moi quoi ?

SUZANNE. Quand est-ce que tu me présentes quelqu'un ?

JEAN. Oh ça... Dans un peu plus de vingt ans.

SUZANNE. Ah.

JEAN. Il s'appelle Nicolas, pour l'instant il a quatre ans, il dessine des maisons, des arbres et des soleils.

scène 13

PAUL. Toi tu n'as pas eu ton âge à mon époque.

NICOLAS. Non plus tard. La sœur est plus vieille que le frère, tu es encore plus vieux que la sœur, moi j'arrive quand le frère a trente-sept ans. A mon âge, il en a cinquante.

PAUL. Mais quel âge tu as ?

NICOLAS. Trente-six.

PAUL. Ce n'est pas bien vieux.

NICOLAS. Non. Toi tu as quel âge ?

PAUL. Pas d'âge. Jean m'a toujours donné entre trente-cinq et quarante, du jour où Suzanne m'a présenté, et à l'époque je n'avais pas trente ans, jusqu'au moment où je n'ai plus su faire la différence entre ma femme et le souvenir de ma mère. J'avais plus de soixante ans.

NICOLAS. C'est curieux d'avoir un seul âge toute sa vie.

PAUL. Oui.

scène 14

Très très loin.

JEAN. Tu viens souvent ici ?

NICOLAS. Des fois.

JEAN. Je ne t'ai jamais vu.

NICOLAS. Moi si.

JEAN. Je ne t'ai jamais vu.

NICOLAS. Moi si.

JEAN. Encore. Je ne t'ai jamais vu.

NICOLAS. Moi si.

JEAN. Ce regard... C'est très précis... Je ne t'ai jamais vu. Moi si. *(Silence.)*
Je ne t'ai jamais vu.

NICOLAS. Moi si.

JEAN. Comment tu t'appelles ?

NICOLAS. Franck. Et toi ?

JEAN. Pierre.

NICOLAS. On va chez moi ? C'est à côté.

JEAN. D'accord.

NICOLAS. Par là.

Nicolas ne bouge pas.

TABLE

DU MÊME AUTEUR

J'apprends l'allemand, Actes Sud, 1998 (et Babel n° 406).
La Forme profonde, Actes Sud, 2000 (et Babel n° 568).
Comme personne, Actes Sud, 2003.

Ouvrage réalisé
par l'Atelier graphique Actes Sud.
Achevé d'imprimer
en mai 2018
par Soregraph *LIVRES* à Monts (Indre-et-Loire)
pour le compte des éditions
ACTES SUD
Le Méjan
Place Nina-Berberova
13200 Arles

N° d'éditeur : 4849
Dépôt légal
1re édition : janvier 2003
(Imprimé en France)